KB196380

생활체육과 시

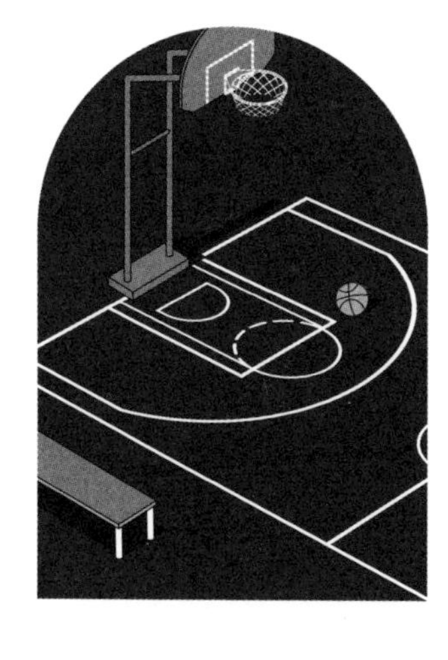

생활체육과 시

나를 살려온 나의 심장박동과 만나는 시간 17:20:00

시보다 더 커다래진 이들을 떠올리며

차례

농담 릴레이

서로의 가지가 맞닿아 만드는 그늘 아래에 도착한 여름

후기

움직이기 신기록 배지

몇 번이고 다시 태어나는 이야기

캐치볼을 하러 가자

글러브를 하나씩 끼고 마주 보며 멀리 서 있자

공을 던지자

공을 받자

또 공을 던지고 또 공을 받자

잘 던지고 잘 받고 조금 더 잘 던지고

조금 더 잘 받자

그만하고 싶어도 조금 더 해보자

우리의 거친 숨이 이 공원을 누비고 다니면

으스스해진 공원에 어스름이 깃들면 등불이 켜지고 길어지던 그림자가 여러 갈래로 나뉘기 시작하면

그만하고 싶다는 생각조차 잊어버리게 되면

낯선 글러브의 감촉도 무뎌지면

공을 던질 때는 던지고

공을 받을 때는 받으면

모레도 그렇게 하고 다음 주에도 그렇게 하면

마주 보고 더 멀리 서 있자

내가 더 멀리 던진 공을 네가
더 안정적으로 받고

네가 더욱더 멀리 던진 공을 내가
완벽하게 받으면서

우리 둘 사이의 포물선들을
백만 개쯤 되는 포물선들을

조용히 비껴가는 지하철 조용히
비껴 나는 비둘기

우리의 캐치볼을 먼 벤치에 앉아
구경하던 노인들

공을 따라 왼쪽에서 오른쪽으로 오른쪽에서 왼쪽으로 옮기던 얼굴들

실밥이 뜯어지고 쇠가죽이 닳고

잿빛 털실이 너덜대고 핵처럼 그 안에 숨은 빨간 고무가 손에 잡힐 때

우리가 글러브 속에 모로 누워 깊은 쪽잠을 자면

+

말해줄래
우리에게 일어난 일을

줄넘기를 이렇게나 잘하게 된 이유를
신발장에서 줄넘기를 꺼내어 손에 들고 매일 매일 옥상으로 올라간 이유를

팔자더블스윙을 연마한 지난주와
옆떨쳐모아뛰기를 연마한 어제에
우리에게 일어난 일을
들려줄래

우리가 우리조차 알아보지 못할 때
누군가 우리의 이름을 부르는 게
도움이 된다는 걸
잠깐 그 이름을 모자처럼 쓰고 있다
벗어도 좋다는 걸

우리가
어떻게 그렇게까지 하게 되었는지
찰싹찰싹거리고 휙휙거리며

제멋대로 펄럭대는 머리카락을 제멋대로
훌러덩 날아가버린 안경에
담긴 뭉게구름들을

서로의 입속을 들락거리는

복식호흡을 쥐처럼 주워 가 일용할 양식으로 삼는

무서울 것 없다면서도

자꾸 겁먹은 얼굴이 되는

반성할 것도 남아 있지 않으면서

후회할 리도 없는 것을 자꾸 되짚어보면서

달리 믿을 구석도 없으면서

날짜들을 꽃다발처럼 모아

시 한 편을 완성한다

찰싹거리고 휙휙거리던

목소리들로

옥상에 모여든 우리의 친구들이

우리에게서 줄넘기 기술을 배운다

더블언더를 익히고 트리플언더를 익히며

옥상의 초록 바닥에 발자국을 쾅쾅 남긴다

유령과 사랑하는 방법을 알게 되어
기꺼이 유령이 되는
유령답게 잘 지낼 수 있게 된
이 이야기를

+

이 일은 분명 어제였는데
우리는 가방에서 구겨진 마스크를 꺼내어 휴지통에 넣으며 말한다
어제와 내일이 오늘과 자꾸만
병렬되는 바람에
아침에 눈을 떴을 때 가방을 열어보게 된다

가방 속에는 그날의 마스크가 구겨져 있었다

먹다 남긴 영원이 지퍼백에 납작하게 담겨 있다

영원이 납작해질 때마다 잠시가 영원을 흉내 내고

잠시, 라는 말에는 세월이 깃들지 못하는가. 영원, 이라는 말보다 더 아득해진 적은 없는가. 순식간에 일어난 일이 평생을 휘청이게 할 때. 오래도록 방치된 것엔 얼마나 많은, 일곱번째 여덟번째를 지나서 마흔번째와 마흔한번째를 지나서 사천칠백오십번째를 지나서 사천칠백오십한번째를 지나서 그 잠시, 그 영원,

너무 쉬운
너무나 다치기 쉬운
너무나 와르르 무너지기 쉬운

저들이 우리의 비탄마저
가져가지 않기를 바란다
우리는 비탄이라도 수호하기 위해 기꺼이 비탄부터 챙긴다

비탄을 껴안고 둘러메고 어루만지다 비탄에게 숨을 불어넣는다

비탄을 껴안고 둘러메고 어르다 비탄의 흐느낌과 함께 어깨를 들썩인다

아주아주 깊이 빠져들어 가는
밑바닥까지 가닿아서 밑바닥이 되는
밑바닥을 구멍 내고 밑바닥을 지나치는

다른 세계로 흘러가
여기가 어디인지
몰라도 되는

우리가 당도한 그곳에서
어제를 내일처럼
다음 차례로써 기다렸다
가방 속에 들어 있던 쓰다 구긴 마스크를 휴지통에 버리고서
우는 입을 비로소 보이고

낯선 사람들과 마주 앉았다

안녕하세요 잘 주무셨어요
인사를 건네고 오늘의 할 일을 의논하는
한가로운 여행지의 조식 시간처럼

+

걷는 일을 정말 잘하고 싶어서 걷기를 감행하는 것 중에 가장 나쁜 경우는 건강해지기 위해서 걷는 것이었다. 이렇게 무기력하게 집에만 있다가는 점점 더 늪에 빠져드는 느낌에서 헤어 나올 길이 없다 싶을 때 무릎에 용기를 불어넣고 기립하여 외투를 꺼내 입고 현관으로 걸어간다.

신발을 신고 걷기 시작한다. 처음에는 성큼성큼 보폭을 크게 하고서 걷는다.

얼마를 걸었을까 하고 핸드폰 속 앱을 클릭하고 확인해본다. 그리고 믿을 수 없어 한다. 좀 더 걷기로 한다. 그래도 또 금세 지루해진다. 신발을 잘못 신고 나왔나 싶을 만큼 발바닥이 아려올 때까지, 지난번보다 더 먼 곳까지 가보아야지 하면서 또 걸어본다. 체내 에너지가 부족해서 이런가 하면서 편의점에 들러 이온 음료를 사서 벤치에 잠시 앉아본다. 지나가는 사람들과 거리의 상점들을 무관한 마음으로 흘낏대어본다.

너무 걸으면

집으로 돌아가 오늘 해야 할 일을 하지 못할 수 있으므로 기운을 남겨놓아야 한다며 집으로 돌아가기로 결정을 한다.

같은 길은 지루하니까 다른 길을 선택해서 골목골목을 걷는다. 폐업한 가게와 신규 오픈한 가게를 지나치고 세탁소에 들러 세탁물을 찾고 반찬가게에 들러 반찬들을 사서 양손 가득 들고 집으로 들어온다.

이 정도면 오늘은 정말 훌륭했어.

뿌듯해하지만 그래 봐야 언제나 칠천 보에서 팔천 보 정도를 기록할 뿐이다. 이 정도가 나의 체력으론 최대치겠구나 싶어진다.

그럴 땐 피곤하지만 곯아떨어지지는 않는,

얕은 잠과 쪽잠으로 이어지는
질 나쁜 수면을 취한다.

다음 날 아침, 수상한 꿈을 온몸에 잔뜩 묻힌 채로 찡그리며 이불을 걷고 일어난다. 찌뿌둥한 몸을 강제해서 밥을 먹고 커피를 마신다.

걷는 일을 정말 잘하고 싶어서 걷기를 감행할 때 정말 좋은 방법은
쇼핑을 하러 나가는 것이다.

오늘은 돈을 왕창 써볼까 하면서 바깥으로 나갈 때는 현관문을 열기도 전에 충전이 된다. 에너지가 올라가고 설렘까지 끼어든다. 즐거워서 저절로 걸음도 빨라진다. 가게가 즐비한 거리로 찾아간다. 지하철을 갈아타고 텅 빈 가방 속에 장바구니를 하나 더 넣는다. 초콜릿을 사고 감자칩을 사고 핸드크림을 사고, 감기에 효과가 좋다는 티백을 사고 양말을 산다. 무거운 걸 들고 돌아다닐 수는

없으므로 생수는 집으로 돌아가는 길에 사야지 한다. 편집숍에 들어가서 향수 냄새를 맡아보고, 털모자를 써보고, 가방을 메보고, 마음에 드는 색깔 코너에서 패딩점퍼나 코트 같은 것을 꺼내어 거울 앞으로 가져가 몸에 대본다. 매대에 전시된 잡지들을 펼쳐보다 다시 향수 코너에서 다른 향수 냄새를 맡아보고 다른 털모자 써보고……. 편집숍이 좁은 공간은 아니라 해도 그곳에서만 천 보를 넘게 걸을 수 있다는 게, 천 보를 전혀 지루하지 않게 걸을 수 있다는 게 즐거워서 문구점에도 들른다. 대형 문구점일수록 좋다. 펜들이 많이 구비된 곳일수록 좋다. 하나씩 그립감을 체험하고 하나씩 필기감을 체험하며 조금씩 조금씩 매장을 맴돈다. 크리스마스 관련된 전시 코너에서 카드에 그려진 천사들과 아기 예수를 음미하다가 데스크 용품 코너에서는 더 오래 머문다. 스테이플러를, 테이프 디스펜서를, 수동 연필깎이와 자동 연필깎이를 직접 만져보고 집에 있는 것들과 사용감을 과학적으로 비교해본다. 세상에 이렇게나 다양한 자와 이렇게나 다양한 클립과 이렇게나 다양한 종이와 이렇게나 다양한 붓이 있다는 것에 대해, 전혀 몰랐던 사람처럼 구경한다. 최종적으로 백화점 지하의 음식 코너로 진입을 한다. 음식을 직접 만들어 파는 코너보다는 세계 각국의 온갖 소스와 치즈, 그리고 와인과 맥주, 그리고 잼과 향신료 등을 파는 코너로 간다. 무화과잼이나 작은 병에 든 후무스 같은 것을 골라서 장바구니에 넣는다. 이제 빵을 사고 생수를 사서 숙소로 돌아가면 된다. 그 정도의 동선이면 이만 보 정도는 충분히 넘긴다. 이만 보를 걸으면서 한 번도 지루하다는 생각을 하지 않았다는 것이 언제나 새삼스럽게 감동적이다.

걷는 일을 가장 잘할 수밖에 없는 때는

마음이 괴로운 경우이다. 마음의 응어리들이, 괴로움들이, 번잡한 걱정들이, 끝없이 불길하게 이어지는 번뇌들이,

먼 데로부터 차곡차곡 도착해 온

울분들이

온몸에 꽉 차 있을 때마다
나는 오래 걸었다.

응어리들이 풀어지고 괴로움들이 사그라들고 걱정들이 잦아들고 번뇌들이 가시고 설움들을 물리칠 때까지,

하던 생각을 또 하고 고개를 젓고 주먹을 꽉 쥐고 한숨을 푹푹 쉬고 괜히 이마의 머리칼을 쓸어 올리고

이 모든 동작들을 나도 모르게 여러 번 반복하다 보면,

나는 모르는 동네에 도착해 있었다.
오늘은 만 오천 보 정도를 걸었다.
견딜 만했다는 뜻이다.

길모퉁이에서 정수리에서 신발 뒤축에서,

불균형했던 것들이 안정적으로 변해가는 것을 느꼈다. 건물들의 기둥과 간판들이 겨우 수직

과 수평을 되찾는 것처럼.

집에 돌아와

욕조에 물을 받고 목욕용 소금을 풀고 들어가 누웠다.

물방울이 피부에 다닥다닥 붙어 있는 것을 지켜보았다.

정성스럽게 바디로션을 바르고

새로 빨아놓은 잠옷을 입고서

수면제의 도움 없이 깊은 단잠을 잤다.

+

지난 2022년 10월 30일은 삼만 보를 넘게 걸었다. 숙소에 돌아와 어지간히 걸었겠다 싶어 앱을 켜니 '움직이기 신기록 배지'가 화면 가득 뱅글거리며 나에게 축하 메시지를 보내고 있었다. 이 앱을 사용한 지 꽤 오래되었는데 삼만 보를 넘긴 것은 그날이 처음이었던 것이다. 아침에 일어나 뉴스를 보고, 우리에게 또다시 일어난 참사를 목격하고, 너무 멀리서 접한 소식이라 실감이 덜한 것인지 너무 믿어지지 않는 소식이라 실감이 덜한 것인지, 실감이 당도하기도 전에 비참과 참혹과 비탄이 익숙하다는 듯 엄습해 왔다. 무언가를 할 수도, 무언가를 안 할 수도 없는 이른 아침에 핸드폰을 손에 들고 뉴스들을 클릭해 읽으면서 숙소 앞 드넓은 공원을 몇 바퀴를 돌다가 어딘지 모를 동네까지 걸어가게 되었다.

핼러윈 장식을 해놓은 상점들,
핼러윈 행사를 안내하는 포스터들을 지나치며
열심히 걸어갔다.

그렇게나 열심히 걸었지만 어딘가에 당도하지는 않았다.

다만 돌고 돌고 돌았다. 돌고 돌고 돌고
또 돌아서
다시 숙소로 돌아왔다.

Nordic Walking

기대어 왔던 것들에 기대어서

광장에서, 광장의 분향소에서, 사회적 죽음을 다룬 온라인 기사의 댓글에서, 보이는 데에서, 안 보이는 데에서, 어쨌거나 잘 들리는 목소리로, 보란 듯이 폭력적인 언어들이 전시된다.

괴물이라는 호명이 또 소환된다. 그것은 우리 인간의 언어가 아니야. 괴물의 언어야. 우리는 선을 북북 긋는다. 약속이나 한 듯이, 이 잔인한 면이 우리의 본성일 리 없다는 것에서 우리의 입장은 출발한다. 당연한 공식이 되어 있다.

이 폭력의 언어[1]가 어째서 우리 언어의 본성이 아닐까. 선을 긋지 않고서 생각해본다. 선을 긋고, 우리는 다르다고 말하는 것은 손쉽고 안전하지만, 이 선 긋기가 가로막는 것은 또 무엇일까.

+

혐오의 말들에 대하여 글로 써보기로 했지만, 새삼스러울 것이 없다. 이런 주제로 집필된 책들이 어느덧 내 방 책꽂이에 빽빽하다. 읽고, 밑줄을 긋고, 이해하고, 공부해온 문장들. 그러나 실재하는 사건들, 참사들, 재난들 앞에서 나는 자주 재확인한다. 공부가 다 무슨 소용이람. 피부에 새겨진 것이 이토록 없을 수 있다니. 앎은 간단히 휘발되고, 무지했던 신체로 무력하게 리셋된다. 알려

1 최근 언어폭력에 대한 관심이 커진 것은 언어폭력이 특별히 널리 확산되었기 때문이 아니다. 그것은 오히려 모든 형태의 신체적 폭력을 거부하는 오늘날의 분위기와 관련이 있다. 이 때문에 부정성의 폭력은 오직 언어라는 매체 속에서만 가능하게 된 것이다. 따라서 언어폭력에 쏠리는 관심은 미래지향적인 것이라기보다는 회고적이고 과거지향적인 현상이다.(한병철, 『폭력의 위상학』, 김태환 옮김, 김영사, 2020)

고 애썼다는 기억은 남고 알게 된 것들은 지난 생애처럼 흐릿해진다. 모른다고 말할 수도 없고 안다고도 말할 수 없는. 피상적인 채로 무언가가 내 앞에 와 있다. 내가 추상적인 채로 무언가의 앞에 와 있다. 번번이 이 증상이 반복된다. 자주 들어 훼손된 바이닐, 같은 지점에서 튀어대며 반복하는, 턴테이블 위의 바늘 같다. 익히 안다는 것과 끝내 알지 못한다는 것 사이 어디쯤은 아예 모르는 것보다 더 괴롭다. 이해한다고 할 수도 없고 이해하지 못한다고 할 수도 없어서.

+

사회적 죽음들에 대해 온전히 체감하기도 전에 또 다른 사회적 죽음이 연쇄적으로 발생하는 세상 속에서, 경악하고 또다시 경악하는 데에 모든 힘을 탕진해가고 있는 탓은 아니다. 개탄과 체념 외에 달리 어떤 노력을 해야 할지 방법을 생각할 겨를조차 빼앗긴 상태도 아니다.

숱한 언술들은 대개 거기까지만 의견을 개진한다. 이후를 감당해야 하는 타이밍에서 늘 렉에 걸린 것처럼 된다. 막연한 가능성, 느슨한 비판, 낭만적인 채색을 미끄럽게 곁들이는 수고 정도에 그친다. 튀던 바늘이 마침내 주욱 - 바이닐 위를 스케이팅하듯 미끄러지며 음악을 뭉개버리는 것처럼.

맺음말을 갈음하기 위한 맺음말. 매끈하고 관례적인 비전 같은 것. 견디고 버티고 반복하고 계속하는 것. 체념하지 않고 등 돌리지 않고 돌아서지 않는 것. 10년을 20년을 50년을 "그냥"[2] 있어

2 "그냥 와서 피켓만 들고 있다구요. 그냥 이것만 한다구요." 아직 돌아오지 못한 아이, 은화의 엄마는 그냥 그러고 있다고 내내 말한다. 그냥 그렇게 서 있는 엄마를, 슬픔을 그냥 마주해야 하는 고통을 감히 상상하기 어려운 일이다. 고통의 크기를 상상하기 어렵기 때문이기도 하지만, '그냥'이라는 말의 의미를 이해하기 어려운 사회가 되어버렸기 때문이다. 어떤 이들은 유족들이 그냥 슬픔을 감당하고 있는 게 아니라, '뭔가 거저먹으려 든다'고 매도한다. 학교에서 아이들에게 밥을 그냥 준다고 할 때는 도둑이거나 '종북'으로 모욕 주기에만 바쁜 실정이다. '그냥'은 이유를 따지고 도구적 계산을 앞세우는 입장에서 볼 때 텅 빈 무엇처럼 보인다. 그 텅 빔을 마주하는 건 또 다른 의미의 무시무시함이다. 세월호 사건이 일어난 뒤 1년, 한국 사회는 서로 상반된 맥락에서, '그냥'을 마주하는 섬뜩함에 사로잡혀 있다. 한국어에서 그냥은 공짜나 '거저'와 같은 뜻이 아니다. [중략] 오늘날

보는 것. "그저 위선자로 보일 뿐"[3]일지라도.

아무도 없는 거리에 피켓을 들고, 때론 퍼붓는 빗속에서 때론 튀는 바늘이 들려주는 음악의 반복된 구간 속에서.

한국 사회에서 '그냥'은 여러 사건을 거치면서 공짜라는 뜻으로, 왜곡, 축소되었다. 한국 사회는 '어떤 목적이나 조건 없이, 있는 그대로', 그냥 인간이나 세상을 이해할 능력을 상실했다. 있는 그대로, 그 자체의 모양을 이해하고 대면하는 것이야말로 무엇으로도 환원되지 않는 존재의 가치를 살피는 일이다.(권명아, 「무한한 상호작용, 데모」, 『여자떼 공포, 젠더 어펙트』, 갈무리, 2019)

3 사회적 애도를 방해하는, 참사 희생자들에게 분노를 표출하는 일부 시민들에 대해 정창조는 "원래부터 빻은 이들로 치부해 버리는 것 역시 문제의 본질을 감추는 것일 수 있다"면서, "나를 보호해주는 공적 시스템이 없으니" "각자도생의 시대정신"에 우리가 잠식돼 있다는 면을 먼저 짚어낸다. 그리고 다음과 같이 언급한다. "문제는 이런 상황이 지속되는 와중에 누군가가 자신의 피해 책임을 국가와 사회에 묻는 경우다. 그것이 진실이건 아니건, 내 삶을 내가 책임져 왔다고 믿는 이들에게 그것은 한낱 '생떼' 이상의 의미가 없다. 나도 힘들고, 내 가족들도 힘들다. 옆에 있는 내 동료들도 힘들다. 모두는 그렇게 힘든 상황을 스스로 극복하며 살아가고 있다. 그런데 왜 어떤 사람들만 국가·사회에 책임을 묻는 것인가? 그것은 권리의 탈을 쓰고 있지만, 일종의 특권이 아닌가? 이 물음들과 함께 내가 책임져야 할 타자의 범위는 점점 더 좁아지고, 그만큼 내 일상의 단절감, 상실감을 가져다주는 죽음의 범위 역시 점점 축소된다. 이런 상황에서 '자기 일'이 아닌데도 굳이 사회적 애도에 나서는 이들은 그저 위선자로 보일 뿐이고, 저들이 모여 힘을 발휘하면 어쩐지 내 억울함이 더 깊어질 것만 같다."(정창조, 「이태원 참사, 참사'들' 그리고 사회적 애도의 가능성」, [참세상], 2022년 12월 13일자)

+

우리는 누군가의 얼굴을 안 보게 되었다. 마스크를 쓰고 있어서도 아니고, 주된 소통의 통로가 소셜네트워크로 변경되었기 때문만도 아니다. 고유한 얼굴이 눈앞에 있어도 못 보게 되었다. 언뜻 식별 가능한 것으로 이해를 선행하는 방식으로 선을 긋는다. 복잡함을 소거한다.

한 사람의 얼굴에 켜켜이 깃든 경험과 서사를, 한순간에 반영되는 미묘한 표정과 감정을 읽을 이유가 없다. 여유 또한 없다.

얼굴을 모른다는 것은 인간의 공격성과 폭력성을 증폭시키는 데에 짐작보다 더 큰 영향력이 있다. 실체가 눈에 보이지 않을 만큼의 거리감은, 공격성을 더욱 서슴없고 무자비하게 만든다. "살려 달라고 애원하는 사람을 총으로 쏘는 것보다 폭탄을 투하하는 것이 더 쉬운 것은 의심할 여지가 없는 것"[4]처럼.

+

그녀는 약간의 충격을 받았다.

해야 하는 일과 해서는 안 되는 일. 할 수 있는 일과 할 수 없는 일. 그건 순식간에 그녀의 머릿속을 채운 그런 생각 때문이 아니었다. 그녀는 그런 복잡한 생각 너머에 실재하는 누군가를 구체적으로 상상한 적이 없었다. 피해자와 유가족, 진실과 억측, 호소와 반박. 깨진 유리 조각 같은 그런 단어들 너머로 숨 쉬고, 걷고, 말하고, 매일 자신에게 주어진 일상을 영위하고 있는 누군가를 떠올려 본 적도 없었다.

그리고 비로소 그녀의 눈앞에 실제라고 할 만한, 진짜라고 할 만한, 존재가 나타난 셈이었다. 너무나 구체적이고 사실적인 모습으로.[5]

---

4 리처드 랭엄, 『한없이 사악하고 더없이 관대한』(이유 옮김, 을유문화사, 2020)

5 김혜진, 『경청』(민음사, 2022)

"무례하고 몰상식한 말을 내뱉은 상종 못할 수많은 사람들 중 하나에 불과"할지도 모른다는 염려를 안고서, 피해자 유가족을 만나러 가는 한 인물의 내면을 김혜진은 위와 같이 표현했다. 레비나스의 '얼굴'에 대한 사유가 겹쳐지는 장면이다.

"너무나 구체적이고 사실적인 모습"으로 존재하는 얼굴을 감각하는 일. 흔한 일상 같으면서도 동시에 감당하기 어려운 특별한 일이기도 하다. 둘 사이에 가로막힌 것들이 두텁고 멀고 오해와 상처를 빚어버린 이후라면 더더욱 그러하다.

'그녀'는 "너무나 구체적이고 사실적인 모습"에 엄두가 나지 않아 실제로 만나지 못하고 돌아서고 만다. 그리고 부치지 못할 편지를 계속해서 쓴다. '그녀'는 사실상 가해자이지만 온갖 곳에서 지탄의 목소리가 들려오는 언어폭력 속에서 시달리는 피해자이기도 하다.

그리고 소설이 끝나갈 무렵에 다시 한번 용기 내어 피해자 가족을 찾아간다. 그때 피해자의

아내로부터 다음과 같은 말을 듣는다. "차라리 입을 다무는 게 반성에 더 가깝지 않나요?" 거기에서부터 그녀의 온전한 침묵이 시작된다. 그리고 누군가의 말을 귀담아듣는 이행이 시작된다.

+

언어는 불과 칼처럼 유용하게 사용하는 중에 필연적으로 사용자를 다치게 한다. 언어는 본성이 사나운 것이다. 언어에 대하여 가장 민감하다는 시의 언어도 위험하기는 마찬가지이다.

도끼를 휘둘러 나무들을 베었다. 베고, 베고, 벤다. 눈을 감으면 생기는 햇빛의 그을림. 한 그루 나무가 쓰러진다. 징그러움. 싱그러움. 그 너머 친구들이 목을 맨 나무가 그늘이 웅성거리는 나무가 있다. 노끈이 아니라 줄넘기가 아니라. 두루마리 휴지였더라면. 부드러운 것이 목을 감쌌더라면. 밑동만이

남게 될 때까지 도끼를 휘두른다. 침묵 속에서. 빛나는 뼛속에서. 그런 씩씩함만을 남겨. 다녀갔다고 말하고 싶을 때는 나의 신발을 신고 돌아가렴. 도끼를 휘두를수록 선연해지는 날끝. 도끼를 고쳐 잡는다. 놓치고 싶고 놓치고 싶지 않은 순간. 도끼는 가벼워진다.[6]

박규현은 끝내 도끼를 휘두른다. 그게 박규현 식의 애도일 것이다. 도끼를 휘둘러서 나무를 벤다. 친구들이 목을 맨 장소를 지워버리고 싶어 한다. "침묵 속에서." 그렇게 난폭하게 신체를 쓰는 상상을 하는 것 외에는 "씩씩함"을 확인할 방법이 없다는 듯이. 도끼는 "휘두를수록" 날끝이 "선연해지"고 "가벼워진다". 이 시에는 죽은 자를 지독하게 주시하고 애달프게 집중하는 징글징글함과 무시무시함이 있다. "오히려 시는 우리의 모든 자료를 기억하며 머무르고 있는 집중"[7]이라 했던 파울

---

6 박규현, 「안미츠와 성실하고 배고픈 친구들」, 『모든 나는 사랑받는다』 (아침달, 2022)

첼란의 말이 떠오른다.

+

구체적인 얼굴을 상상한다

최선을 다해[8]

위의 시는 기민한 목격자가 되는 순간, 연루됨을 감지해가는 장면을 그렸다. 이 시의 저 마지막 연에 시선이 머문다. 이것은 시의 마지막 연이지만, 연루됨의 시작이다. 시작이라는 것은 그 자체로 획기적인 사건이 된다.

희음의 또다른 시 「라이프」에서는 "플래시를 비춰/ 죽은 너에게 그림자를 지어준다"라는 문장이 있다. 비춤과 지어줌에 대해서 생각한다. 비춤은 시인이 할 수 있는 최선이고, 지어줌은 시가

---

7 파울 첼란, 「자오선 - 게오르크 뷔히너 문학상 수상 연설문, 다름슈타트, 1960년 10월 22일」, 『파울 첼란 전집 3』(허수경 옮김, 문학동네, 2022)

8 희음, 「붉은」, 『치마들은 마주 본다 들추지 않고』(걷는사람, 2020)

할 수 있는 출발이다. 누군가의 얼굴이 구체적인 역사가 담긴 얼굴이 되는 순간은 얼굴의 주체에게만 찾아오는 게 아니다. 타인으로부터 눈에 띄어, 마주치게 되고 상상할 수 있게 되고 기억에 간직될 때야 얼굴은 얼굴이 된다. 이에 대해 화답하는 시가 있다.

> *오늘은 한 시집에서 그림자*[9]*를 얻었어*
> *그게 구명조끼로 느껴졌어 기뻤지 그렇게 살아 돌아왔는데*[10]

희음의 시에서 파생된 윤은성의 시 「모르는 일들로부터」는 연대자가 되는 순간부터 이전과는 조금 다른 용기를 감지해 가는 시이다. 윤은성은 "용기를 낼 거야 겹쳐진 꿈은/ 선명해지기도 하니까"라는 문장을 약속처럼 적어둔다. '선명해지니

---

9 이 시의 각주에는 희음의 위의 시로부터 "그림자를 얻었다"라고 적혀 있다.

10 윤은성, 「모르는 일들로부터」, 『시 보다 2022』(문학과지성사, 2022)

11 김혜순, 「선생님이 밥을 사주신다」, 『않아는 이렇게 말했다』(문학동네, 2016)

까'가 아니다. "선명해지기도 하니까"이다. 이 미묘한 차이를 생각한다. 선명해지지 않을 수도 있다는 것을 모르지 않는 조심성을, 그러나 이 조심성과 신중함은 건너뛰어도 좋을 구간처럼 여겨지는 뉘앙스를. 선명해지면 더할 나위 없이 좋겠지만, 선명해지지 않아도 충분히 좋다는 걸 이 두 편의 시를 나란히 두고 읽으면서 생각한다. 그런 "오늘"을 경험한다는 것과 겹쳐진 그림자를 경험한다는 것은 그 자체로 좋으니까.

선명함을 경험하려다 좌초될 수도, 실패할 수도 있다는 것. 선명함을 경험한다는 것이 불가능할 수 있음에도 불구하고 가능함과 불가능함을 계산하지 않는다는 것.

> *선생님, 시는 존재한다고 믿는 것들의 그 불가능성을 추구하지 않나요? 진실이라고 하는 것, 사실이라고 하는 것을 막상 추구해보면 없는 것 아닌가요? 그 추구 자체가 시 아닌가요?*[11]

다만 그것을 추구한다는 것. 추구 자체에 목적을 둔다는 것. 그것이 시라고 김혜순은 누누이 우리에게 이야기해왔다.

+

이태원 참사가 발생된 그 밤, 나는 팬데믹 이후 처음으로 여행을 떠나기 위해 비행기 안에 있었다. 타국의 도시에 도착해서 늦은 저녁을 먹고 숙소로 들어갔다. 숙소 예약 바우처와 지도 앱과 현지 맛집 정보를 열람하던 핸드폰으로 소셜 미디어를 들여다보았다. 내 타임라인에는 이태원 참사의 희생자들의 명복을 빈다는 메시지와 자극적인 이미지나 혐오의 말들을 중지해달라고 간청하는 캠페인으로 점철돼 있었다.

그 이후, 여행지에서 내가 무엇을 했는지는 거의 기억나질 않는다. 몸만 그곳에 여행객으로 있었을 뿐, 클릭하고 클릭하면서 시간을 다 썼다. 낯선 나라의 낯선 골목은 기괴하면서도 즐거운 핼러윈 축제의 이미지로 넘쳐흘렀다.

이해가 되지 않는다는 답답함에 휩싸였던 것은, 내가 멀리에서 그 소식을 접했기 때문만은 아니었다. 국가 애도 기간이 재빠르게 선포된 이후부터……. 나는 렉에 걸린 듯한 상태로 먼 곳에 덩그러니 놓여 있었다. 비애마저 국가가 빼앗아갔다고 생각했다. 국가 애도 기간은 짧게 종료됐다.

나의 애도는 시작도 못 했다. 우리의 애도는 시작도 안 했다. 애도는 많은 경우 종료되지 않는 세계이다. 영원히 현재에 있다. 해가 바뀌고 또 해가 바뀌고 다른 참사와 재난이 닥쳐도, 오히려 새로운 재난 앞에서 되살아난다.

우리는 올바른 애도를 하고 싶다. 그릇된 삶 속에서도. 올바른 애도가 무엇인지 모르는 채로도.

내가 올바른 삶을 영위하는 법을 묻는다면, 내가 그 삶을 이끌고 있는 바로 그 사람이건 아니건 간에 나는 올바른 "삶"에 호소하고 있는 것이 된다. 그러나 나는 알고 싶어 하

는 그 사람이고, 그렇기에 어떤 의미에서 그 것은 나의 삶이다.[12]

+

훼손된 바이닐을 턴테이블에 올릴 때마다 바늘이 튀는 데에도 그 음반을 꺼내어 듣는다. 튀는 데까지만 듣다가 바늘을 원위치로 올려둔다. 그다음에 과연 음악이 이어지는지마저 가물가물할 지경이다.

나는 "경험한 적 없는 경험에 대한 그리움"[13]에 자주 휩싸인다. 이 그리움에 골똘히 집중하다 보면 경험한 적 없는 경험이 기억처럼 체감된다. 실패한 경험이 낳은 후일담이 신체에 남아서 생긴 증상일 수도 있다. "같은 악몽을 사이좋게 꾸던/ 같은

---

12 주디스 버틀러, 『연대하는 신체들과 거리의 정치』(김응산, 양효실 옮김, 창비, 2020)

13 졸시, 「대개」, 『i에게』(아침달, 2018)

소원을 사이좋게 버리던"[14] 경험에서 배운 것이 있다면, 연대체에서 얻었던 연대감에 도사린 함정들에 대해서였다. 연대체가 증폭해낸 힘이 파괴력이 될 수도 있다는 체험. 난파된 경험. 좌초된 경험. 훼손된 말. 폭력의 말은 예외 없이 그 안에도 있었다.

> *인간이 중요하게 추구해야 할 것이 협력의 장려가 되어서는 안 될 것이다. 그런 목표는 비교적 단순하며 우리의 자존감과 도덕적 감각에 확고하게 자리를 잡고 있다. 어려운 도전은 조직적 폭력을 할 수 있는 우리의 능력을 감소시키는 것이다.*[15]

그리고 배운 것이 하나 더 있다. 위와 같은 문장이 무엇을 뜻하는지 구체적으로 이해할 능력이 생겼다는 것.

---

14 졸시, 「실패의 장소」, 『수학자의 아침』(문학과지성사, 2013)

15 리처드 랭엄, 『한없이 사악하고 더없이 관대한』(이유 옮김, 을유문화사, 2020)

우리는 우리의 뭉쳐진 힘을 사용하기에 바빴다. 사방팔방에서 재촉의 목소리를 높였고, 우리가 겨우 만든 힘이 어떤 과오를 낳을지 신중하고 섬세하게 헤아리며 서슴거리지 못했다. 그럴 기회가 허락되지도 않았다.

연합은 힘을 키운다. 그 힘을 어떤 연합은 권력을 얻는 데에 쓴다. 패권이 목표다. 폭력의 말은 그에 대한 기표이다.

+

난파된 경험담이 미래를 열 수 있을까. 좌초된 문학이 미래에 가닿을 수 있을까. 나는 '그렇다'라고 대답하진 못한다. 난파된 경험담과 좌초된 문학과 실패한 꿈에 대해서,

그 이후가 알고 싶다. 난파와 좌초 과정을 복기하려면 피해자의 목소리는 물론이고, 실패한 사람들의 실패한 이야기와 공동체에서 삭제되거나

추방된 자들의 목소리가 꼭 필요하다. "실패의 역사를 또다시 함께 이야기"[16]하지 못한 것. 그 자리에서 늘 바늘이 튀며 멈춰 있다고 늘 생각한다.

16 권명아는 자신이 속한 지역 인문 공동체 '아프꼼'이 실패와 한계를 반복했다고 기술하면서, "난파된 배처럼" 어떤 식으로 "조난 신호"를 보내왔는지를 기술했다. 그리고 마지막에 이렇게 적어두었다. "긴 실패를 지나, 아직도 실패할 일만 남았다. 지금은, 다시 만나기 위해, 불화를 통해 새롭게 나아가기 위해 걷고, 또 걷고, 함께 걷고 있다. 언젠가, 실패의 역사를 또다시 함께 이야기하기 위해서."(권명아, 『여자떼 공포, 젠더 어펙트』, 갈무리, 2019)

"우리는 뭔가를 꾹 참으면서"[17]

1980년대는 여성 시인으로서 나에게 '전범'[18]이 되어줄 시적 언술이 갓 탄생하던 시절이었다. 나는 그들의 그늘 아래에 있는 한편으로, 그 영향력으로부터 비켜 있고 싶어 했다. 김혜순과 최승자와 황인숙과 고정희 같은 멋진 언니들의 시 세계에 한없이 매혹당했음에도, 그 시적 언술에 대하여

---

17 김혜순, 『여성, 시하다』(문학과지성사, 2017)

18 나는 지금껏 시를 써오면서, "왜 나에겐 나의 '전범'이 되어줄 시적 언술이 없는가? 왜 나에겐 모국어가 없는가? 왜 내 혀는 매 순간 첫 발성처럼 뻑뻑한가?"하고 질문해왔다.(김혜순, 같은 책)

깊은 동료애를 품었음에도, 나는 그녀들이 가는 그 길이 지나치게 척박해 보였다. 영향력 아래에 있었으므로 닮아가는 것은 당연했지만, 닮았다는 말을 누군가 축복처럼 말해준 적도 있었던 것 같지만, 닮고 싶지 않았다. 그녀들의 고단함이 충분히 느껴졌고 더 고단할 것이 미리 와닿았다. 그것은 갓 시적 발화를 시작하던 나에겐 시 쓰기의 즐거움과 반대편에서 살아갈 것이라는 암시와 다를 바가 없었다. 그녀들의 언어는 나의 모국어였지만, 그녀들로부터 배운 언어로 발화를 하고 있으면 지구상에서 사라져버린 민족의 모국어를 배우기 시작한 것처럼 암담했다(학창 시절, 미래를 위해 여학생들이 주산, 부기, 타자 같은 것을 배워야 했고 정작 다 배우고 성인이 되었을 때는 아무 쓸모가 없는 기술이 되었던 것처럼). 그래도 그녀들의 영향력 아래에 짙게 놓여 있던 나 같은 여성 시인은 그녀들의 언어를 배워 첫 시를 썼다. 그리고 거기에서 조금씩 멀어져 갔다. 살아남기 위해서. "뭔가를 꾹 참으면서."

이렇게 적고 보니, 살아남기 위해서라는 말

은 얼토당토않다. 살아남는다는 말이 순간순간 다른 의미로 체감되었고, 살아남았다는 것이 시시때때로 다르게 고통스러웠고, 살아남았음에 대해 쓴맛이 올라왔을 뿐만 아니라, 살아남았다는 사실이 못내 수치와 모욕으로만 실감되는 순간도 있었다. 살아남은 것이 아닐 수 있다는 체감이 그나마 정확한 표현일 것이다. 김혜순은 오래전부터 스스로를 한사코 '유령'이라고 언급하지 않았는가.

2000년대에 한국시에 새로운 목소리들이 등장하게 된 이후, 어느새가 젠더리스적 발화가 유행처럼 번졌다. '무성' 페르소나가 우세적으로 등장한 것에 대해 나는 목소리가 진화되고 있다는 진단에 전적인 동의를 할 수 없었다. 지워진 것들을 가시화하는 방식보다는 엄연히 존재하는 것들을 비가시화하는 위장의 방식에 가까워 보였다. 그 시들은 온순하고 정갈했다.

여성의 목소리가 전면화된 시를 찾아보기 쉽지 않았던 즈음에,—『여성이 글을 쓴다는 것은』(문학동네, 2002) 이후로—다시 한번 김혜순은 '여성'

이라는 정체성에 집중한 시론집 『여성, 시하다』(문학과지성사, 2017)을 출간한다.

“진짜 시인은 다 어머니다. 시인은 모성을 요리하지 않고 시인이 될 수 없다.”[19] 남성의 가부장적 욕구에 뿌리를 둔 섬김. 그것을 거절하는 모성. 타자의 공간을 장악하지 않는, 통치력을 행사하려 들지 않는, 깨달음을 전파하지 않는, 젊음을 과시한 적도 꽃방석에 앉아본 적도 없는, 노년의 달관에도 기댄 적 없는, 출생신고도 사망신고도 치른 적 없는, 그저 유령이고자 하는 어머니. 자신의 유령-됨보다 더 짙은 유령들의 언어에 귀를 맡기는 어머니. 더 바깥으로 떠도는 유령들과 같은 신발을 신는 어머니. 그걸 욕망해서 그렇게 하는 게 아니

---

19 “시 속의 내가 말하지 않고 어머니가 말한다는 것은, 자기 정체성의 영원한 불일치 속에 있는 화자가 말한다는 것이다. 타자와의 몸 섞임 없이는 아무것도 말할 수 없는 어머니가 말한다는 것이다. 자기 지우기의 유희에 빠진 어머니가, 고착된 자아가 내뿜는 고백적 담론의 무시무시함에 놀란 어머니가 타자와의 놀이에 빠져 대화의 언어를 발화한다는 것이다. 그러기에 어머니의 언어는 연기의 언어, 연희의 언어다. 어머니는 고착된 자아가 내지르는 언어를 알지 못한다. 저 어두운 곳에서 포효하는 고립된 자아의 무서운 진리의 목소리를 알지 못한다.”(김혜순, 『여성이 글을 쓴다는 것은』, 문학동네, 2002)

라 욕망과 책임의 불일치 때문에, "뭔가를 꾹 참으면서" 그렇게 하는 어머니. 타자들의 메타포로서가 아니라 현존으로서 어머니는, 어머니-되기를 수행하여 어머니가 된다. 시쓰기는 그렇게 하여 모진 모국어의 벼랑 아래에서 불안하고 위태롭게 파도를 만들어 언어의 지형을 바꾸어왔다.

김혜순은 "이본의 언어"를 가장 먼저 습득하여 가장 꾸준히 사용하고 있는, 변함없는 시인이 되어갔다. 단명하는 이본의 언어, 변절하는 이본의 언어, 정본의 언어가 되는 것을 욕망하는 이본의 언어가 아닌 채로. '시하는' 페미니스트의 위치성은 김혜순이 발명해온 시적 젠더이다. 도래하지 않을 것에 미리 가 있기 위하여 그래야 했다.

이 시론집은 누가 읽으면 좋을까. 누가 읽게 될까. 여성의 시적 발화를 아무렇지도 않게 폄훼해온 이들은 읽지 않을 것 같다. 숭배해온 이들에겐 너무 난해해서 매력적이게 다가갈 수는 있을 것 같다. 그러나, 정리가 덜 된 채로 비슷한 경험을 신체화해온 숱한 여성들에게는 읽자마자 이해되고 선명해지는, 너무 오래 기다려온 목소리일 것이다.

문학의 정치성에 대하여 거듭되는 진화를 거치지 않은 채 낡은 자부심을 외투처럼 입고 있는 이들이 읽는다면 어떨까. 여성의 시적 언술 자체가 이미 정치적 투쟁이라는 당연한 사실을 이제라도 인정하게 될까.

'정치적'이라는 말도 '투쟁'이라는 말도 '여성의 시하기'를 가두는 면이 있다. 무엇보다 '시'가 가리키는 방향과 어긋나는 면이 있다. '정치적'과 '투쟁'이라는 말 속에 깃든 '승리'에 대한 열망이 여성의 시하기의 핵심이 아니기 때문이다. 여성의 시적 발화의 위치성은 '승패'라는 남성 서사의 핵심 요소와는 전혀 다른 층위에서 빚어지는 '탄생 이전'과 '죽음 이후'를 함께 살아내고자 하는 삶의 실천으로 파악되어야 하지 않을까.

'여성-되기'를 수행하고 있는 작가들이 많아진 지금, 어째서 시의 영토에서는 '여성-되기'에 대한 기피가 남아 있는 것 같을까. '여성-되기'를 수

행하는 일이 자신의 시의 영토를 한정 짓는 일이 될지도 모른다는 염려의 근간은 무엇일까.

김혜순은 우리에게 현실감각이 사회 현실에만 집중할 때 오히려 거짓말처럼 편집될 위험성이 있다는 것을 간접적으로 느끼게 해준다. 사회 현실의 폭력을 직간접으로 받아내는 신체가 시인의 언어가 될 때, 여성이 신체화해 온 또 다른 현실 세계가 또 다른 층위에서 구체화될 수 있다는 것을 김혜순은 줄기차게 입증해 왔다. 현실이 놓친 목소리가 있다는 것. 그 목소리까지가 현실이라는 것.

마찰력 증진 기간

+

책을 한 권 샀다. 책을 샀다면 서점 문을 열고 들어가, 이런저런 책들을 펼쳐보며 매만지다 골라 드는 장면이 좋겠지만, 지금은 핸드폰 속 앱을 통해서 책을 산다. 오직 두 눈으로 목차를 읽고, 책소개 글을 읽고 판단을 한다. 그럴 때 나는 자주 좋은 책을 고르는 게 아니라 그럴듯한 책을 고르는 경험을 하게 된다. 거짓과 작위는 페이지를 넘겨가며 손으로 만져봐야 알아볼 수 있는데, 이런 식으로 책을 구입하면 미묘한 것을 놓칠 수밖에 없게 된다. 그럴듯하게 거짓과 작위를 감춘 책을 고르게 된다. 기꺼이 속는다고 할 수도 있고, 속는 것을 어쩔 수 없다고 여기고 있다고 표현해야 할 수도 있다. 그런 책이 다음 날 집으로 도착하면, 앞에 딱 펼쳐놓고 내가 발견하게 되는 것들은 허점이다. 나는 분석한다. 파헤친다. 그러면서 기대감이 생긴다. 너무 빤한 거짓이 아니기를. 조금은 예상 바깥의 거짓이기를. 거짓이라고 치부될지라도 그것이 필자의 태도와 위치와 책이라는 상업적 물성 때문에 필연적인 이유가 매복해 있어서 내가 함부로 폄하할 수 없기를. 그래야지만, 그 책이 처한 운명에 대한 복잡함과 양가성을 파헤치고 싶어 하는 내가 고양된다.

비비언 고닉의 『멀리 오래 보기』(에트르, 2023)를 읽었다. 한나 아렌트에 대해 쓴 부분이 있었는데, 한나 아렌트의 민족적 정체성을 열렬히 옹호하는 과정을 따라가다 보면, 한나 아렌트가 유대인이라는 사실을 독특한 방법으로 계속 각인시켜준다. 이

글은 누구를 위해서 쓰고 있는 걸까?

나는 비비언 고닉이 독자로 설정한 부류가 어디에 존재하는지 의심해보기 시작한다. 한나 아렌트의 편을 드는 마지막의 문장, "아렌트가 이보다 얼마나 더 유대인다워야 한단 말인가?"에 이르러 나는 비비언 고닉의 논리가 완벽하게 봉합된 것을 반가워하는 한편으로 뒷걸음치는 마음이 생긴다. 나는 '유대인다움'이라는 말을 소화하지 못한 채로 한 걸음 더 뒷걸음을 쳐버리고 만다. 비비언 고닉은 그 문장을 쓰면서 어떤 마음이었을까? 어쩐지 내가 잘 아는 종류의 마음인지도 모른다.

+

나는 잊히지 않는 거울을 만난 적이 있다. 아주 커다란 거울이었고 거울의 아래쪽에는 건강을 기원하는 문구가 궁서체로 써 있었다.

엘리베이터 버튼을 누르고, 하얀 마스크를 쓰고 지문이 얼룩진 고글을 쓴 채로 은색 스테인

리스 상자의 한 모퉁이에 바싹 몸을 기댔다. 침대에 눕혀 엘리베이터 한가운데를 차지하고 있던 노인은 두 눈으로 천장에 비친 자기 자신의 모습을 보는 것 같았다. 나도 그의 시선을 따라 위를 바라보다 그의 발을 바라보았다. 엄지발톱이 이상한 덩어리로 붙어 있던 그의 발. 그리고 나는 지하 1층에 도착했고 매점으로 성큼성큼 걸어갔다. 기저귀 한 통과 주먹밥 하나와 물 한 통. 매점 뒤쪽으로 연결된 출구로 나가면, 자그마한 야외 공간이 있었고 벤치가 있었다. 그 벤치에 앉았다. 거기에 벤치가 없었더라면, 나는 아마 집에 가고 싶다는 생각을 하다가 정말로 집에 가버렸을지도 몰랐다. 그 벤치에 앉을 때마다 나는 컵라면도 먹었고, 김밥도 먹었고, 샌드위치도 먹었다. 목이 메이면 물을 마셨다. 목젖을 활발하게 움직이며 물을 벌컥벌컥 마셨다. 아무 맛도 느껴지지 않는 식사였지만 상관없었다. 속이 쓰리지 않고 배에서 꼬르륵 소리가 크게 나지 않으면 되었다. 벤치를 활용해 가벼운 운동도 했다. 팔다리를, 허리를 쭉 편 채로 움직일 만한 곳이 거기밖에는 없었다. 기저귀 한 통에 한쪽 팔을 얹고 잠시 턱을 괴었다. 민들레가 피어 있었다. 2월이었고 그늘이었다. 정말로 민들레가 핀 것인지 확인하려다가 말았다. 저것 때문에 잠시 내가 눈을 동그랗게 뜨고, 신기해서 목을 쭉 뺀다는 것이 조금은 고무적이었기 때문이다. 그렇게 빛 한 조각이나, 환상이었을지도 모를 민들레 한 송이나, 바람에 돌아다니는 깃털 하나 같은 것을 발견하기에 그 벤치는 유용했다. 이상하리만큼 회오리바람이 맴도는 장소였고, 작고 가볍고 쓸데없는 것들이 회오리를 타고 모여들었다. 삼각김밥을 착 뜯어내는 솜씨가 능란해지고, 나는 이것을 네 번에 나누어 베어 물기 위해 생각이란 것을 한다. 그렇게 하지 않으면 무언가에 쫓기듯이 두 번에 나누어 베어 물기 때문이다. 볼이 미어지고 턱에 부담이 오고 무엇보다 내가 그것을 씹고 삼키려고 조금 더 애를 쓰게 되는데, 저작 활동을 하는 중이라는 것이 주먹밥 따위로 자각되고 나면, 내가 갇힌 세계의 다음 출구가 벌컥 열려버리기 때문이다. 또 거기로부터 세차게 칼바람이 들이닥치고, 나에겐 늘 그걸 견딜 두꺼운 외투가 없다.

다시 건물 안으로 들어가 지하 1층 엘리베이터로 향할 때 나는 커다란 거울 앞에 일부러 가서 섰다. 거울 속에 있는 사람은 내가 분명했지만, 내가 모르는 형상을 하고 있었다. 내가 너무도 오랫동안 되고 싶지 않아 해온 엄마의 모습 같기도 했고, 내가 십수 년 동안 외면해온 진짜 내 모습 같기도 했다. 그 사람은 거울 속에서 오래 나를 기다려온 것 같았다. 아니, 늘 거기서 나를 지켜보다가 오늘 불현듯 나에게 자기 존재를 들켜버린 듯 보였다. 내가 그런 모습의 사람이라는 사실을 모를 수 없게 된 날, 나는 4층으로 올라가 바쁜 사람처럼 씩씩한 동작으로 엄마의 사물함에 기저귀를 넣어두고, 보호자용 간이침대에 걸터앉아 노트를 펼쳤다. 그리고 습관처럼 시를 썼다.

+

한 선생님이 전화를 걸어와, 이번 시집에 엄마 이야기가 별로 없네요, 했다. 나는 대꾸를 삼갔다. 시는 내 이야기가 아니다. 내 이야기가 아닌 것도 아니다. 내 경험을 짓이겨 빻아서 만들어온 내 목소리다. 나는 시를 쓰는 동안에 내 목소리가 아닌 목소리들과 때로는 화음을 만들고 돌림노래를 부르고 합창을 개최할 때도 있다. 같은 노래를 하면 같은 입 모양을 갖는다. 그러니 이걸 내 이야기야! 하고 함부로 단언할 수 없게 된다. 나는 이번 시집에서 '엄마'라는 단어를 딱 한 번 정도 의식적으로 썼다. 세어보자면 더 자주 등장할지도 모른다. 굳이 세어보지 않는다. 의식하지 않고 자연스럽게 흘러나와서 썼던 순간들을 굳이 의식할 필요는 없다. 시를 쓸 때 어떤 단어를 의식적으로 사용하는 순간들이 있다. 그 순간을 나는 즐기는 편이다. 나는 '엄마'라는 단어를 의식적으로 쓰는 일을 일부러 삼갔다. 사실상, 그즈음에 나에게 실재했던 엄마는 엄마가 아니었고, 나는 엄마의 엄마였다. 엄마는 나였다. '엄마'라는 낱말이 나에게 자연스럽게 흘러나와서 그 낱말 하나가 연료가 되어서, 미친년이 널을 뛰듯, 미친년이 행주로 요강을 닦듯이 발화할 날이 나에게도 도래할 것을 안다. 그때 나는 거울 앞에 서야 하고 거리감을 확보해야만 한다. 거리감을 확보한다는 것이 어떤 경우에는 잔인하고 매정하고 이기적임을 나는 안다. 그리고 잔인하고 매정하고 이기적인 것이 잔인하지 않고 매정하지 않으며 이기적이지 않은 상태를 어떤 방식으로 핍박하는지를 나는 안다. '엄마'라는 단어를 사용하는 걸 의식적으로 삼가기로 한 나의 결정을 나는 현명했다고 여긴다. 어떤 점에서? 도의적인 딸로서? 엄마로부터 가장 강력한 억압을 받아온 한 여성으로서? 아니면 미학적으로 좀 더 나은 시를 쓰고 싶은 욕망을 가진 시인으로서? 아니다. '엄마'라는 단어에 내가 이미 포함되어 있어서다. '나'라는 주어가 '엄마'라는 자격을 이미 획득하고 있어서다.

무동력 트레드밀 위에서의 단상

단상 1-열아홉 조각

1.

시집을 읽고 나면 모든 책이 다 시시하다. 그러나 시집만 읽고 있자면 모든 시집들이 다 시시해진다.

2.

두려움과 고통에 대하여 흔쾌하기. 온전히 흔쾌해질 때 찾아오는 자유로움으로 더없이 고요하기. 너무나 고요한 나머지 서늘하다고 느끼기. 너무나 서늘한 나머지 을씨년스럽다고 느끼기.

3.

모든 것을 알려 하지 않음. 전부를 다 적으려 하지 않음. 진실은 이런 방식으로만 겨우 소용스러우니까. 정작 하려던 말을 시인은 기꺼이 떠나보낸다. 진실의 텅 비어 있음과 마주할, 준비된 얼굴들을 기다리기 위해서.

4.

시는 인간이 언어로 그을 수 있는 가장 큰 포물선이다. 모르는 장소로, 모르는 사람에게로, 모르는 옛날에, 모르는 미래에 미리 가닿는다. 시는 이럴 때 수신자인 동시에 발신자이다. 포물선을 그리며 어딘가에서 소식이 자꾸 도착한다. 어디에서 오는지 잘 아는 것들조차 알던 얼굴을 하고 도착하지는 않는다.

5.

시에겐 공포를 다룰 수 있는 기술이 있다. 공포를 공포라고 호명하기를 멈추어보기. 공포의 뒤통수와 손아귀와 손가락 끝의 지문까지 샅샅이 탐구하기. 공포를 견디는 게 아니라 공포를 추적하기. 공포가 깃든 영혼이 종내에는 어떻게 아름다움이 되는지 그 편에 서서 상상하기. 시는 그리하여 유령이 된 채로 유령과 어깨동무를 하려는 마음으로 기꺼이 옮겨간다는 것을 드러내 보이기.

6.

사람으로서 시인은 시를 쓰지 않는다. 사람보다 좀 더 다른 무엇이 되어서 시인은 시를 쓴다. 좀 더 다른 그 무엇은 우리가 끔찍해하는 모습일 수도 있고 우리가 얕잡아보는 형태일 수도 있다. 어쩌면 우리가 선망하는 얼굴일 수도 있다. 어쨌거나 그 얼굴을 시인은 시를 쓰며 계속 계속 좇는다. 그 얼굴을 지나칠 때까지. 지나쳐서 또 다른 얼굴을 만날 때까지.

7.

시는 세상을 너무 잘 반영하므로 오히려 왜소해져 간다. 그렇다고 세상만큼 시가 무기력하다 할 수는 없다. 오히려 곧 도래할 세상에 미리 가 있기 때문에 이상한 적극성이 있다. 그래서 지독하게 슬프고 지독하게 읽기가 어려운 것이다. 시인이 가장 끔찍해하는 것은 시가 왜소해지는 일도 아니고 모서리에서 사는 일도 아니다. 다만, 진실의 두께가 왜소해지는 일, 피상적인 환상으로 미래에다 낙관을 덧칠하는 일을 가장 끔찍하게 여긴다.

8.

시는 어쨌거나 홀연한 것이다.—시가 원래 홀연한 것이어서, '홀연히, 문득, 갑자기, 불현듯' 같은 부사가 시 속에 등장할 필요가 없다고 생각한다.—시인은 시를 쓰면서 홀연히 자기 자신의 한계 바깥으로 이동한다. 그러기 위해 무언가 빤히 노려본다. 오래 응시한다. 너무 오래 쳐다봐서 처음 발견한 것과 다른 것이 될 때까지 그렇게 한다. 시에게 행과 연이 있는 이유는 이 오랜 응시의 시간을 표시해두기 위해서다. 단숨에 쓰인 시일지라도, 이 오랜 응시와 사색이 있었고 그 끝에서 이루어진 단숨이다. 시인은 그렇게 잠시 자신의 처지 바깥에 놓임으로써 갱생을 도모하는지도 모른다.

9.

질문 앞에 서 있다. 누군가에겐 자명한 것이지만 누군가에겐 혹독한 질문이다. 누군가는 탐닉하듯 섭렵해온 세계관들을 전면 수정하지 않으면 질문에 동참할 자격조차 없을 질문. 그 질문에다 어깨를 걷고 그물코 하나만큼의 새로운 질문을 꺼낼 때야 새로움을 향유할 자격이 생길 질문. 이 자격을 얻기 위한 선행 작업 없이 이 질문에 동참한다면, 질문을 둘러싸고 생성되고 있는, 미약하고 희미한 세계를 바스러뜨리는 우를 범하게 된다. 차근차근 준비하고 가담하여 질문을 통과하기. 다른 시작 앞에 도착하는 기쁨-혹은 두려움을 획득하기.

10.

여리디여린 감수성을 낱낱이 기억해 자주 세세히 돌보기. 추억을 추억하는 것이 아니라 감수성을 기억하는 기술로써 지난 경험들을 만끽하며 지내기. 지난날의 좌절과 좌초의 고통들을 기억함으로써, 그것을 얇디얇게 저며놓음으로써, 흔들리는 현재의 기우뚱한 면에 괴어 균형을 잡기. 그렇게 하여 현재를 바로잡기. 나는 이것이 기억술이라고 믿고 있다. 시의 기술이라고도 여긴다. 그리하여 윤리에게 시를 적용해보는 방식이 아닌 시에서부터 새로운 곁가지의 윤리들이 나타날 수 있도록 한다.

11.

육체의 진짜 꿈을 알고 싶다. 육체가 사랑을 통해서 세례받고 싶어 하며 언어를 통해서 세례의 꿈을 드러내고 싶어 한다는 것을 더 잘 느껴보고 싶다. 혼자의 몸이 아니라, 누군가에게 도착하거나 누군가로부터 도착된 몸. 육체에 깃든 모든 사연들이 총망라되어 있는 시의 언어를 상상한다. 재촉 없이 연하게. 세세하게.

12.

내가 쓰게 될 다음 시 앞에서 나는 늘 더 불안하다. 더 크게 불안하다. 더 크게 불안해하고 싶어 한다. 더 크게 불안해질 때까지 시 쓰기를 지체하며 시의 첫 줄을 기다려본다. 온전히 이해되고 나면 불안이라는 것조차도 안온해지니까. 익숙했던 불안으로부터 졸업하여 더 거대하고 더 깊은 불안으로 옮겨가기 위한 서곡을 짓는 마음으로 시집을 묶는다. 식은땀을 영원히 흘린다 해도, 꾀죄죄하고 피로한 얼굴이어도, 세계의 가장자리를 두루 발로 디딘 자의 땀자국이 나의 얼굴이기를.

13.

말해야 할 것과 말하지 않아야 할 것을 차갑게 구분할 때 태연스러운 어법이 탄생한다. 세상 모든 생물체들을 풍경 혹은 은유로 배치하지 않을 것. 내가 곧 다시 그로 탄생할 것에 대해서만 촉수가 정수리에서 뻗어 나올 때까지 가까워질 것. 이 연결감을 욕망하고, 이 연결의 담당 기관이 온통 육체여야 한다는 것을 긴박하게 느낄 것. 이럴 때 능청스러울 정도의 태연한 태도가 발생한다는 걸 잊지 말 것.

+

시적인 재능은 시 속의 문장으로 구현되는 것이 아니라, 말해야 할 것과 말할 필요가 없는 것을 냉정하게 구분해내는 데에 있다. 말하기 시작한 것에 관하여는 거침이 없어야 한다. 거침없음은 부러 드러낼 필요가 없다. 고양을 드러내는 것도 조급한 면이 있다. 반드시 단호함에 의해서 작동되어야 한다.

14.

카프카를 만나러 가서, 카프카보다는 카프카를 기념하는 방식을 만나고 왔다.

등에 날개를 달고 모빌이 되어 있는 페소아 인형, 디자인이 좋은 수첩의 표지가 되어 있는 페소아. 페소아를 만나러 왔다가 페소아를 낭비하는 도시를 만나고 왔다.

15.

멜랑콜리, 히스테릭, 광기. 이런 말들로 규정되어온 여성의 시는 광기 그 자체가 현실임을 항변하는 데에 그치지 않는다. 광기의 몸짓을 빌리지 않으면 설득이 불가능한, 두텁고도 정교한 이 폭력적인 세계를 가리키고 드러내기 위한 입장이기도 하다.

16.

하나의 단어는 이미 문장을 탑재한다. 하나의 단어에 이미 탑재된 문장의 가짓수야 많겠지만, 하나의 단어가 적히자마자 문장은 어느 정도는 갈 길이 정해진다. 그렇게 완성된 하나의 문장은 점잖고, 보드랍다. 단어는 저마다 들뜸 없이 안착해 있어 편안하게 읽는 이에게 소화된다.

점잖고 편안한 단어들이 자신을 마중 나온 문장을 배반하고 제멋대로 제자리가 아닌 것만 같은 자리로 옮겨가는 일. 이런 일을 밤낮으로 전담하는 이가 시인이다. 하나의 단어가 놓인 하나의 문장이 우리가 생각해오던 관습적인 영역 바깥에 놓이기를 희망하는 것. 그 의아함을 유발하는 것. 의아함으로 끝나는 것은 아니다. 매끈하게 안착된 문장보다 더 미묘한 차이와 더 교묘한 은닉들을 더 정확하게 가리킬 때가 있다. 이럴 때 시는 시다워진다.

단어의 뜻과 소릿값과 모양새 모두를, 난생처음 감각해본 듯한 생경함은 시인의 시선이 지닌 힘이다.

17.

기체처럼 존재하는 것들을 가시화하고, 기체가 서서히 영글어 액체로 뭉쳐지는 순간을 포착한다. 고체처럼 가시화되는 순간에, 문장은 다시 기체로 돌아간다. 단일한 뜻이 아닌 또 다른 뜻과 겹쳐지고 연루되면서. 고형화를 거절하면서.

시를 감각하는 일은 그래서 언어를 감각하는 일이며, 언어를 감각하는 일은 언어가 태어나기 이전 상태에다 더듬이를 담그는 일이다. 그 더듬이는 결국 이 세계의 뒷면을 감각하기 위한 투시력이기도 하다. 시로 인해서 세계는 투과된다.

18.

어떤 시가 몇 줄에 걸쳐 해놓은 말을 어떤 지루한 책은 겨우 두께로 감당하고 있다. 시집을 읽고 나면 모든 책이 강압적이다. 어떤 시가 몇 줄에 걸쳐 사이사이 은닉해둔 말을 어떤 지루한 책은 기어이 까발려 낱낱이 박제해 놓는다. 시인은 말을 신뢰하지 않는다. 단지 못다 한 말을 신뢰한다. 시인은 이해력을 불신한다. 상상력을 우선시한다. 상상력이 부재하는 이해는 피상적일 수밖에 없다는 것을, 상상은 이해보다 더 오차 없는 이해의 방식이라는 것을, 시는 몇천 년에 걸쳐서 끊임없이 우리에게 조용히 외쳐왔다.

19.

일곱 살 즈음이었을 때다. 서랍장을 열어 엄마가 가지런히 개어둔 옷들을 낱낱이 뒤져댔다. 아무리 뒤져도 내가 찾는 옷은 없었다. 엄마는 얼른 옷을 챙겨 입으라고 등 뒤에서 재촉을 했고, 나는 내가 찾는 옷의 이미지를 엄마에게 설명하며 도움을 청했다. 엄마는 이상한 표정으로 웃었다. 그 옷은 내가 네 살 때 입던 옷이었다고 말했다. 이젠 옷이 작아져서 입을 수가 없다고 말했다. 내가 커져서 그 옷을 더 이상 입을 수 없게 된 것이 아니라, 그 옷이 작아져서 더 이상 입을 수 없게 된 것이라고. 서랍장에 고이 있던 옷이 어떻게 스스로 작아질 수 있는지에 대해 나는 생각했다. 엄마의 인내 어린 설명과 설득에 의해 나는 내가 자라고 있다는 사실을 겨우 이해했다.

그때 내 등 뒤에 서 있던 엄마의 표정으로
누군가에게 시에 대한 이야기를 건넨다.
시가 너무 작다는 이야기를.
혹은 작아졌다는 이야기를.

시가 작아진 것은

우리가 커다래졌기 때문이라는 걸
당신이 자라고 있는 사람이라면
무럭무럭 크고 있는 사람이라면

당신이 찾던 그 시는 아직 이 세계에 없다.

단상 2-제로 그라운드와 폐소공포증

문학은 믿음보다는 배반에 기댄다는 걸 너무 오래 믿어왔다. 문학은 확신보다는 불안에 기댄다는 걸 너무 오래 확신해왔다. 문학은 내 이야기를 말하려는 욕망보다는 너의 이야기를 들으려 하는 욕망에 기댄다는 걸 너무 오래 말해왔다. 믿음이 아닌 것을 믿는 것은 믿음이 아닌가. 확신이 아닌 것을 확신하는 것은 확신이 아닌가. 너의 이야기를 듣겠다고 계속해서 말하는 것은 말하기가 아닌가. 모순 속에 갇혀 고착돼 있는 문학에게 어떤 생명력이 깃들 수 있을까.

+

문학이 한 시대의 명민한 증인으로 존재한다고 하자. 누구의 증인이라 말할 수 있을까. 누구의 손끝에서 가장 예민한 증언이 태어나고 있을까. 그자는 문학장의 이너서클에 있을까. 아닐 것 같다. 아무래도 문학인의 세계는 성 같다. 내부가 있고 외부가 있는 것 같다. 나는 내부에 있는 사람이 맞는 것 같다. 내부에 있는 사람이 문학에 대해 하는 이야기는 누가 듣게 될까. 나는 누가 읽기를 바라며 이 글을 쓰고 있는 걸까. 내부는 아닌 것 같다. 이 성 바깥을 상상한다. 우선, 성벽 바깥은 해자로 둘러싸여 있을 것이다. 아무나 이 성 안에 들여놓지 않기 위해서 문지기도 있을 것이다. 누군가 성 안으로 들어오려면 출입증을 보여주고 자신의 존재를 증명해야 할 것이다. 그리고 성 바깥에 누군가가 있을 것이다. 쓰는 사람과 읽는 사람. 쓰기 위해 모이는 사람과 읽기 위해 모이는 사람. 어디선가 누군가가 무언가를…….

+

문학장은 완고하고 폐쇄적이다. 문학 하는 우리의 환경을 둘러볼 때의 내 감회는 폐소공포증과 흡사했다. 내가 선택한 나의 환경이 언젠가는 내게 이런 유의 공포를 주는 공간으로 체감될 거라는 걸 설마 나는 몰랐을까. 잘 알고 있었으리라. 그걸 견딜 힘과 새로운 방법에 골몰할 줄 아는 힘을 얻는 게 얼마나 어려운지를 미처 헤아리지 못했었다.

+

문학적이라 여겨왔던 것들과 매혹되어 수용해왔던 문학적 공기를 모두 해독解毒하고 난 이후의 진공 상태를 상상하며 살아가다 보니, 시 쓰는 힘에 의해서보다는 시 쓰는 부력에 의해서 부유하고 있는 나를 발견한다. 이런 상태라면, 출구라든가, 개방감이라든가, 숨구멍 따위는 필요하지가 않다는 것을 뒤늦게 알게 된다. 나도 모르는 사이에, 꿈꿔본 적 없었던 문학적 자아와 맞닿은 채로. 생각지 못했던 방식으로 오랜 이 폐소공포증을 나는 벗어나는 중이다.

농담 릴레이

사랑을 담아

함께 있는 사람에게 우리는 진심보다 더 사랑을 담아 자주 거짓말을 했다 싫어도 좋아요 좋은 것도 싫어요 하고 말하고 나서 생각했다 우리는 자기 자신이 짐이 되지 않기 위해서 사람들의 겨드랑이나 발바닥에 숨겨둔 근심까지 샅샅이 참고했다 안경을 쓰고 가까이 들여다보았다 우리는 참고만 했다 우리는 그리고 맞장구를 쳤다 영혼 없는 리액션으로 보일까 봐 더 요란하게 더 다이내믹하게 두 번씩 세 번씩 추임새를 뿜어냈다 우리는 그리고 눈을 감고 누웠다 잠깐 눈을 붙였다 떴을 때 우리는 십 년 후로 날아갔다 십오 년 후로 날아갔다 우리에겐 그것이 우리다웠다 우리에겐 그것이 후회 없었다 우리에겐 그것이 유일했다 우리에겐 그것이 능력이었다 함께 있는 사람과 나란히 걸으며 속도를 맞추던 함께 있는 사람과 쇼핑을 하며 물건을 같이 집어 들던 함께 하는 사람과 마주 앉아 맥주를 마시던 농담에 껄껄 웃던 우리는 즐거웠다 우리는 우리여서 좋았고 우리는 우리가 아니었으면 어쩔 뻔했을까를 생각하며 더 좋았다 진심보다 더 사랑을 담아 건넨 우리의 거짓말은 우리의 온기였고 우리의 은신처였다 우리의 거짓말은 우리의 수호천사였고 우리의 자랑이었다 우리의 거짓말을 우리는 진심보다 더 고마워했고 우리의 거짓말은 우리의 결속력이 되었다 우리의 방식으로 우리를 우리는 오래 사랑해왔다 우리는 진심보다 더 사랑을 담은 서로의 거짓말을 진심보다 더 잘 이해했고 우리가 하는 거짓말이 우리를 살리고 있다는 것을 잘 알고 있었다 우리와 우리의 친구들은 너절하게 솔직해지는 것을 암묵적으

로 경계했고 거짓말의 안온한 유대를 오래 추구했
다 이 방식으로 우리는 이 세계에 적응하지 않기
로 했고 이 방식으로 우리는 이 세계의 거짓과 불
화하고자 했고 이 방식으로 우리는 이 세계에서
우리가 지키고 싶은 것을 지키려 했다 우리는 반
드시 우리여야 했고 우리는 오로지 우리일수록 유
리했고 우리는 우리가 아니면 안 되므로 진심을
다해 사랑을 다해 거짓말을 사랑했었다

잘하지는 못하지만

모든 것이 너무 힘들어서, 힘들다는 푸념조차 지겹고 염치없어서, 자신을 좀 웃겨달라는 친구의 연락을 받았다. 나는 누군가를 웃기는 일에 능란하지 못한 처지라 여겨왔지만, 그 친구는 내가 농담을 잘했으며 내 농담을 떠올리다 혼자서 웃은 적도 많다고 우겼다. 자기가 아는 사람들 중에서 가장 통쾌한 농담을 하는 사람이라며, 어서 농담을 좀 해달라고 거듭 부탁을 했다.

잘하지는 못했지만 어쨌거나 친구와 나는 웃으려고 노력했고 웃어주려고 노력하며 시간을 함께 썼다. 전화를 끊고 나서 나는 그 자세 그대로 한참을 앉아 있었다. 갑자기 찾아온 고요가 너무도 적조하게 느껴졌다. 친구에게도 그런 느낌이 찾아왔을까 봐, 문자 몇 통과 이모티콘 몇 개를 더 추가해서 보내놓았다.

지금쯤 친구는 너무 힘들다는 느낌에서 조금은 벗어났을까. 그럴 리는 없다. 친구가 농담을 주고받기 위해 나에게 전화를 걸 수 있을 만큼의 여력이 조금 남아 있었다는 점을 상기한다. 농담을 함께 주고받을 사람으로 나를 낙점해준 것에 고마워하면서. 어쩌면 친구는 거의 모든 친구들에게 차례차례 전화를 걸어서 농담 릴레이로 하루를 썼을 수도 있다. 나보다 더 농담을 잘하는 친구와 더 크게 깔깔대며 웃었을 수도 있다. 제발 그랬기를. 내가 얼마나 엉터리 같은 성대모사를 했는지를 다음 친구에게 전하면서 둘이 함께 웃었을 수도 있다. 부디 그랬기를.

오늘의 위기가 무사히 지나가고 있기를. 작은 위무를 얻기 위하여 스스로 노력할 수 있는 사람이라는 사실을 친구가 더 잘 인지하기를. 어떤 혹독함은 이런 방법으로만 버틸 수 있다. 액션 영화 속 주인공의 과장됨처럼. 시트콤 드라마의 난무하는 가짜 웃음소리처럼.

어린이가 괜히 금은방이나 정육점에 갈 수 있었더라면

어렸을 때 부모님에게 용이하게 용돈을 타내기 위하여 "책을 사야 해서요"라고 말했더랬다. 돈을 쓴다는 것이 최소한 면목을 세우는 일이란 걸 처음 알게 되었을 때부터 그랬다.

집에 있는 것이 무료하고 답답할 적에 무작정 신발을 신고 바깥으로 나오면, 내가 갈 수 있는 곳은 한정적이었다. 일단, 골목을 빠져나와 버스 정류장까지 진출을 했다. 어린아이가 금은방이나 정육점을 괜히 가기는 그러니까, 문방구 아니면 서점엘 갔다.

문방구 혹은 서점 주인이 아무리 아이의 마음을 잘 이해해주는 사람이라 하더라도, 구경만 하면서 그 좁은 가게에 오래오래 서성대고 있자면 눈치를 주었다. 문방구에서는 이십 분 정도가 최대한의 구경 시간이었다. 서점은 좀 달랐다. 한 시간은 넉넉히 보장되는 곳이었다. 그렇지만 눈치가 보여서, 열 번에 한 번은 돈을 내고 책을 사야 염치를 챙길 수 있었다. 쓱싹쓱싹 재빠른 솜씨로 종이 한 겹, 비닐 한 겹, 책에 포장을 해주는 서점 주인에게 돈을 내미는 일이 그때는 왜 그렇게 뿌듯했을까. 집에 돌아와 TV 채널권을 부모에게 빼앗긴 시간대에, 어린 나는 배를 깔고 누워 문고판 외국문학을 읽어댔다.

좀 더 커서는, 학교에서 도서관이란 곳을 알게 되어 책을 읽었다. 잘 노는 아이들은 주로 화장실에서 모여 놀고, (더 잘 노는 아이들은 아예 학교 바깥으로 뛰쳐나가 놀고) 공부 잘하는 아이들은 교실 안 자기 책상에 담겨 주구장창 문제집을 풀고, 수다

떨기 좋아하는 아이들은 복도에 모여 깔깔 웃고 크게 떠들었지만, 이도 저도 아닌 나는 그저 숨어 있기 좋아서 도서관을 좋아했다. 주로, 세계문학전집 같은 류에 고개를 파묻고 지냈다. 스무 살이 되었을 때는 대학 도서관이 장관이었다. 무엇보다 시집이, 아무도 읽지 않은 채로 빛바래 가는 시집이 어마어마하게 빼곡했다. 한 권 한 권 빠짐없이 읽어댔다.

책을 읽는 일도 여느 경험과 마찬가지로 실패의 연속 경험을 통과하게 된다. 그래야 안목이 생긴다. 어떤 허위를 알아보는 눈이 뜨인다. "남들이 다 좋다고 하는데 나는 어째서 이것이 별로인가?"라는 질문이 그 시절의 나에게는 나의 정체성을 파악하기에 유용했다. '별로'라는 부정적 반응을 보이는 내 자신을 향하여 세부적인 질문들이 생겨났다. 싫어할 수밖에 없는 가치 기준이 필요했다. '진짜 원하는 것'을 알아채는 기준들이 태어났다.

“나는 어째서 이 시집이 별로인가?”에 봉착해서 무척이나 답답해하던 그 시절이 또렷하게 기억난다. 항상 머릿속에 맴돌았고 암담한 느낌마저 들었다. 누구의 안목도 믿지 않은 채로, 아무도 좋다고 말해준 적 없는 시집을 찾아 헤맸다. 쉽게 찾아지지 않았지만 그런 시집을 가까스로 만났다. 아주아주 마음에 들었다. 너무 좋아서 얼굴이 빨개질 정도였다. 너무 기뻐서 시집을 꼭 껴안고 어디 잠시 숨어 있고 싶을 지경이었다. 그 시집은 그때 이후 줄곧 유일한 ‘나만의 시집’이다. 1991년에 초판이 발행되었고, 지금은 구하기 쉽지 않은 시집이다. 시인은 이후로 시집을 더 이상 출간하지 않은 것 같고, 이 시인을 만난 적 있다고 말하는 사람도 만나본 적이 없다. 이 시인을 좋아한다고 말하는 사람을 수십 년 동안 딱 한 번 만난 적이 있다.

한 편 정도를 인용해볼까 싶어 시집을 펼쳐 읽다가 꼬박 하루가 갔다. 시인의 숨결이 너무 부드럽고 너무 진지해서, 시집 속에서 한 편을 꺼내었다가는 이내 그 문장이 바스러질 것만 같다. 그런 시집이 있었다. 도대체 어떤 시집이냐고 누군가가 정말 궁금해한다면, 직접 만났을 때나—여러 번 고민을 좀 해본 후에 귓속말로나—알려줄 생각이다.

찌걱대는 마루를 밟으며

장소를 바꾸면 세상을 다르게 경험할 수 있지 않을까 하는 기대에서 여행은 시작되지만, 장소가 아니라 시간을 바꾸어 세상을 살아보는 경험이 될 때가 많다.

지금 내가 머물고 있는 이 방은 한 발 한 발 디딜 때마다 쪽모이 세공의 마루가 찌걱찌걱 소리를 낸다. 지금 내가 걷고 있다고 요란하게 외쳐준다.

마룻바닥만이 그런 건 아니다. 수도꼭지도 그렇고, 방문의 경첩이 그렇고, 한쪽 벽면에 난 창문도 마찬가지고, 램프도 그렇다. 모두 자그마하게나마 소리를 낸다.

부엌에 걸린 냄비와 프라이팬, 커피잔과 접시에 새겨진 문양도 저마다 자신이 어느 시대의 산물인지 짐작해보라며 나에게 수수께끼를 낸다. 그러다 궁금해진다. 낡음은 어떨 때 정겨움이 될 수 있고 어떨 때 지겨움이 되어버리는지. 정겨움과 지겨움이라는 반응은, 옳고 그름을 정서적인 방식으로 주장한다. 어떤 것은 언제나 옳기 때문에 정겹고, 어떤 것은 언제나 그르기 때문에 지겹다.

지난 시대를 배경으로 하여 소설이 쓰여질 때는 이 경계가 꽤 분명하다. 언제나 옳기 때문에 정겨운 것들을 다시 불러내는 작가가 있는가 하면, 언제나 그르기 때문에 지긋지긋하고 나쁜 것들을 다시 불러내는 작가가 있다. 불러내어 현재의 어리석은 국면을 돌아보는 데에 환기력을 갖는다는 점에서 대체로 계몽적이다. 이 때문에 지난 시대를 배경으로 하여 쓰여진 소설들을 나는 별로 좋아하지 못한다. 경계가 분명한 이야기들은 어딘지 모르게 우리 삶을 너무 단순한 것으로 몰아세

워 쉽게 각성에 연결하려는 경향을 띤다. 내가 좋아하는 소설은 대개 이 경계가 분명한 면을 잘 인지하는 것으로 출발한다. 경계가 불분명한 이야기 속에 깃든 복잡한 가치들을 유연하게 드러낸다.

기억은 골똘하게 집중할 때만 가까스로 완성에 가까워진다. 향후 반복해서 상기하는 것으로써 어쩔 수 없이 변형된다. 변형된 기억은 종내 완고해진다. 섬세함은 유실되고 이데올로기가 덧입혀지기 십상이다. 좋은 소설은 기억하고 있던 것을 되새김질하듯 기록하지 않는다. 비어 있던 기억의 구멍들을 두터운 진실들로 채워나가기 위하여 기억하지 못했던 기억들을 비로소 소환하거나 발명한다. 기억술이 뛰어나서라든가 소중히 기억해오던 것을 마침내 기록하기 위하여 집필을 시작한 걸로 짐작되지 않는다. 기억을 기억의 상자 속에서 꺼내는 일이 아니라 현재의 길목에서 기억을 불현듯 마주치는 일과 같아진다.

순일하게 시선을 집중하는 것으로써 단 하나의 이야기가 생겨난다. 마침내 시간이 낯설게 소환될 때 우리가 우리 삶에 미묘한 애착을 장착할 수 있다는 것을 조용조용 알려준다. 애착해보지 못했던 애착, 애착이 될 수 있으리라 상상해본 적 없는 애착, 애착해야 한다고 주장되어온 것들의 뒤에서 발견되기만을 기다려온 애착.

다른 장소를 꿈꾸지만 다른 시간을 만나는 여행처럼, 내 삶이 마치 거기에 있어온 것처럼 여겨질 때야 나는 여기에 온전히 있을 수가 있다.

익숙한 시간이란 건 내게 있어본 적 없다. 서툴렀고 어리석었으나 좋았다. 익숙하지 않았으므로 그 어떤 사건도 사소한 적이 없었고, 세세한 일들을 잊지 않고 싶은 일들로, 열심히 기록해두고는 했다. 세세함은 항상 내게 힘이 된다. 세세히 기억한다는 것은 기억하던 대로 기억하는 것과 비교도 되지 않는, 커다란 힘이 있다.

군만두 같은 산문 쓰기

시 청탁에, 산문을 사은품처럼 곁들여 주문하는 게 유행이 된 것 같다. 시는 쓰고 싶어서 쓰지만 산문은 쓰고 싶지 않아도 쓰게 된다. 써야 한다. 탕수육을 시키면 딸려 나오는 군만두 같달까. 시를 발표하면서 적은 양의 산문이 곁들여지는 이 유행은 누구를 위한 것일까. 시의 선명한 독해를 갈구하는 비평가를 위한 것일까. 독자를 위한 것일까. 시인 자신이 자신의 시를 돋보이도록 하는 보조도구일까. 비평가는 누구보다 산문의 도움 없이 시를 읽어낼 능력이 있다. 그러니 비평가를 위한 장

치일 리가 없다. 문예지를 구독하는 순수 독자가 거의 없다는 건 이미 알려진 사실이니 독자를 위한 것일 리도 없다. 시인을 위한 것일 리는 더더욱 없다.

한 문예지로부터 시와 산문을 청탁받았던 것은 지난 유월이었다. 나는 그때 북해도에 있었다. 삿포로에서 기차를 타고 다섯 시간 정도 걸려 하코다테에 도착했는데, 장맛비처럼 연일 비가 내렸고 추웠다. 호텔 방에 들어와 히터를 틀고 겨우 몸을 녹이다가 "시 5편에 산문 1편"이라는 설명을 들었다. 어떤 시들을 이 다섯 편에 넣을 수 있을까 고심하기 시작했다. 모든 시가 마음에 들지 않았다. 사실 요즘은 세상의 거의 모든 시들이 마음에 시큰둥했다. 문예지에 발표된 시인들의 시에도, 잘 알거나 잘 알지 못하는 벗들이 보내준 시집들에도 몇 편을 제외하고서는 시큰둥했다. 헛소리 같았다. 헛소리 같다는 이유 때문에 시를 지독하게 편애해 왔으면서도 헛소리가 지겨웠다. 내가 쓴, 더 헛소리 같은 시가 그러니 마음에 찰 리 없었다. 어떨 때는 헛소리가 아닌 소리를 내어보려 했고, 어떨 때는 가장 잘하던 헛소리로 손쉽게 시를 휘갈기기도 했고, 어떨 때는 첫걸음을 떼는 아기처럼 뒤뚱거리며 써보기도 했다. 그러다, 청탁서에 적힌 마감일이 다가왔다. 여행 내내 나는 시 5편을 새로 쓰느라, 되다 만 시를 수십 편 끼적였다. 일주일만 시간을 더 주십사 편집자에게 양해를 구했고, 일주일 동안 다시 새로운 시를 썼다. 한 시간 전에 '시 5편'을 완성하고서 시계를 보니 새벽 1시였다. 그제야 저녁을 먹었고 세수를 했고 책상을 치웠다. 늦어도 새벽 4시에는 잠을 자야 내일 제 시간에 일어날 수 있기 때문에 산문은 세 시간 안에 해치워야 한다. 이제 30분 정도의 시간이 흘렀다. 그러니까 나는 '시 5편'에는 3개월 정도의 시간을 쓴 셈이고 '산문 15매'에는 세 시간의 시간을 할애할 예정이다. 그리고 산문의 군만두스러움에 대하여 적어볼 생각이다.

중국집에서 군만두를 따로 주문한 적이 없다. 그래도 자주 군만두를 먹는다. 군만두는 맛있고 군만두를 주지 않으면 서운하다. 군만두를 주지 않는다고 "이 집은 군만두 서비스 안 주시나요?"하고 굳이 종업원에게 묻지는 않는다. 하지만, 칼국수집에 갔을 때는 사정이 다르다. 둘이 함께 가면 한 사람은 칼국수를, 한 사람은 찐만두를 주문하는 게 더 좋다. 여럿이 함께 가면 만두를 하나 더 주문해서 가운데에 두고 하나씩 나눠 먹는 게 좋다. 라멘집에 갔을 때도 사정은 비슷하다. 교자를 따로 시켜 한가운데에 두고 사이좋게 나눠 먹는다. 돈을 지불하지 않고서 공짜로 먹는 건 오로지 중국집의 군만두뿐이다. 만약 칼국수집과 라멘집이 만두를 공짜로 제공한다면 찐만두와 교자도 군만두와 처지가 같아질 것이다.

문예지에 실리는 시인의 산문은 서비스로 취급이 된다. 원고료가 미미하거나 책정되어 있지도 않은 경우가 대부분이다. 시평에 준하는 글이거나 연재물이나 특집 코너가 아닌 이상은 대개 그렇다. 나는 문예지에서 시인의 산문을 거의 읽지 않는다. 산문을 읽고서, 산문보다 시가 좋거나 시보다 산문이 좋다는 판단 같은 걸 하게 되는 게 난처해서 그런 것은 아니고, 시를 읽는 데에 방해가 되기 때문에 그렇다. 좋은 시를 쓴 시인은 대개 산문에서 시를 보완하는 이야기를 하진 않는다. 딴 얘기를 한다. 어딘가 부족한 시를 쓴 경우에서만 시를 보완하는 이야기를 주저리주저리 적어놓는다. 시인을 시인이라는 이유 하나만으로 각별하게 생각하려 하는 나 같은 사람은 딴 얘기든 주절거림이든 얼마간 민망하다. 안 읽어주는 게 예의라는 생각도 하게 된다.

산문에다 쓰려던 내용은 따로 있었다. 내가 요즘 쓰고 있는 시들이 어떤 작위의 토대에서 창작된 것인지를 적어보려고 했다. 늘 그래왔듯이, 제대로 된 시론을 써보려고 했다. 막상 발표할 '시 5편'을 골라놓고 보니, 시에다 그것을 죄다 쓰고 말았다. 산문에 어떤 내용을 담겠다고 계획을 세운 순간부터 내 시는 이미 그 산문의 토대 위에서 발아하고 있었다. 아마도 내가 산문에 대해 계획이 없었다면, 내 시는 조금 더 엉뚱한 데에서 출발하게 됐을지도 모른다. 시와 세트로 주문될 때의 산문은 번번이 내 시의 자유를 제한하는 덫이 되기 일쑤다. 산문은 번번이 내가 시인의 몸으로 가는 시간을 지체하게 하는 트래픽이 되기 일쑤다. 산문은 내가 시로 썼으면 더 놓치지 않았을 이야기를 허술하게 가두는 요령 없는 아마추어로 나를 전락시킨다. 그래도 참으로 많은 지면은 시인에게 산문을 요청한다. 시인의 산문이 사랑을 받기도 한다. 그 사랑은 사은품으로서의 사랑이다. 인터넷서점에 책을 주문하면 딸려오는 머그잔이나 텀블러나 에코백이나 북앤드나 탁상달력 같은 것을 받아들고 매우 기쁘게 활용하는 것과 같이, 어떨 때는 주문했던 책보다 더 즐겨 사용하게 되는 것과 같이.

시를 청탁하면서 시인에게 산문을 청탁하는 유행이 어서 끝나기를 바란다. 차라리 짧은 소설을 써보라고 하면 어떨까. 차라리 아주아주 짧은 평론을 써보게 하면 어떨까. 아주아주아주 짧은 논문을 써보게 하면 어떨까. 아니면 그림을 그려보라고 하면 어떨까. 가장 발표하기 곤란한 시 한 편을 더 요청해본다면 어떨까. 한 쪽 내지 두 쪽 정도를 마음대로 채워보라고 해주면 안 될까. 나는 이 아까운 지면을 내 멋대로 군만두로 채웠다.

약간의 도전, 약간의 재능, 약간의 도움

검도부에 들어갔으나 쓰고 있던 호면 위로 내리치는 죽도 소리가 무서워서 이틀 만에 그만두었던 열한 살, 검도를 배우는 건 단호히 관뒀어도 도복과 죽도와 호구는 미련을 오래 품고 간직해왔다. 언젠간 다시 사용하게 될 것을 기약했지만 지나치게 작아질 때까지 이따금 어루만지기만 했다. 검도부에 오래 다닌 친구를 따라 대회에 구경을 가고, 박력 넘치는 친구의 모습에 박력 넘치는 박수를 보내는 것으로 남은 미련을 달랬다.

고무줄 놀이나 제기차기로 학교 운동장이 꽉

차 있던 점심시간에는 고무줄 놀이 무리에 잠시 끼어 깍두기를 하다가 제기차기 무리에 또 잠시 얼쩡거리다가 깍두기를 했다. 무언가 한 가지를 잘하는 아이들의 기세등등함에 기가 죽을 때가 많았지만 아예 외면을 하기에는 매혹이 컸다. 다리를 높이 들고 깡총거리는 기술과 정확하게 한쪽 다리를 사용하며 집중하는 대열에 기웃거리는 것으로라도 그 분위기를 즐기고 싶었다.

중학생이 되어서는 탁구부에 소속되었다. 탁구에는 재능이 아주 없지는 않았다. 오히려 성향에 잘 맞았다. 교내 대표 선수가 될 때까지 재미 있어 하면서 꾸준히 연습을 했고 집 마당 한쪽에 탁구대가 등장할 정도까지 열성이게 되었다. 책가방 속에는 언제나 라켓이 들어 있었다. 매치포인트 앞에서 특히 집중력이 좋았다. 승부욕이란 게 내 몸에서도 꿈틀대고 지글댄다는 것을 처음 알았다.

그 모든 운동들 중에서 지금껏 몸을 근질대게 만드는 운동은 탁구가 유일한데, 탁구대만 눈에 띄면 그 앞에 서서 누군가와 땀을 흘려보고 싶은 욕구가 인다. 탁구를 잘 치기로 소문이 난 몇몇 시인들과도 가볍게 탁구대 앞에 서곤 했다. 연희문학창작촌에서는 오은 시인과, 토지문화관에서는 나희덕 시인과, 어느 대학의 연수원에서는 심보선 시인과, 홍천의 어느 리조트에서는 이성미 시인과. 오은 시인과 나희덕 시인에게는 참패했다. 내가 못해서라기보다 그들이 밥 먹고 탁구만 쳐왔던 사람들처럼 너무 잘했다. 심보선 시인과 이성미 시인과는 막상막하였는데 까불다가 졌다. 다음에 한 번 더 해보자는 약속을 했다. 내심 어딘가에서 탁구를 정말이지 미치도록 열심히 배워서 깜짝 놀랄만한 플레이를 선보여야겠다고 생각해두었지만 그런 일은 일어나지 않았다. 내 신발장에 고이 간직해둔 탁구 라켓과 주황색 탁구공은 한 번밖에 사용하지 않은 채로 낡아가는 중이다.

고등학교 때는 농구가 대유행이었다. 학교 남자애들의 전유물이긴 했지만, 체육관에 어슬렁거리면 한 번 정도 공을 넣어보라고 던져주었다. 드리블이라든가 정교한 패스 같은 것은 엄두가 나지 않았지만, 골대에 공을 깨끗하게 넣는 것은 잘 했다. 동네의 공원을 산책할 때마다 삼삼오오 남자아이들이 모여서 농구를 하는 모습을 볼 때면 한참이나 서서 구경을 했다. 당연히 내 신발장의 우산꽂이 칸에는 농구공도 고이 모셔져 있다. 현관에서 운동화에 발을 넣을 때 농구공을 꺼내어 옆구리에 끼고 바깥에 나가는 장면을 몸소 실천하게 될 것이라고 믿어 의심치 않지만 아직은 단 한 번도 그렇게 해본 적이 없다. 농구공 옆에 장우산들과 함께 고이 꽂혀 있는 배드민턴 라켓은 그나마 자주 꺼내는 운동기구 중 하나다. 딱히 계획 없이 친구를 만나러 갈 때면 일단 들고 나가본다. 배드민턴을 함께 치는 고정 멤버도 있다. 셔틀콕을 내 라켓으로 때리는 경쾌한 소리와 함께 힘껏 팔을 휘두를 때보다는 엉뚱한 곳으로 날아가버린 셔틀콕을 주우러 다니기에 바쁘긴 하지만.

이에 비해 사격에는 약간의 재능이 있다. 사격장이 눈에 보이면 꼭 들른다. 자그마하고 쓸데없는 인형 하나를 경품으로 받아올 정도는 된다. 누군가와 내기라도 하면 더 잘한다. 즐겨하는 친구들과 의기투합해서 실탄 사격장에 출입해본 시절도 있는데 언제고 만족할 만한 결과를 냈다. 내가 쏜 총알들이 정중앙에 구멍을 뚫은 표적지를 집에 가져와 자랑스럽게 벽에 붙여두기도 했다. 그래서 비비탄 권총을 선물로 받은 적도 있다. 집 안 곳곳에 동전을 올려두고 소파 뒤에 몸을 숨겼다가 소파 등받이에 총을 대고 겨냥을 하면 약간의 실감이 보태져서 자주 그렇게 해보았다. 그랬던 시절에는 청소기를 돌리면 비비탄 총알이 여기저기에 숨어 있다가 청소기 속으로 달그락거리며 빨려 들어갔다.

외출할 때 자연스레 챙겨서 들고 나가려고 신발장에 넣어둔 몸 쓰는 것들로는 등산스틱 두 개도 꼽아야 한다. 이것들은 히말라야에 가져가서 제 몫을 톡톡히 했다. 4단 접이식 초경량의, 전문 산악용 스틱이다. 히말라야 이후에도 사용한 적이 있냐면 당연히 그렇지는 않다. 히말라야 등반도 중도에서 포기하고 내려왔다. 내려오는 길에도 포기를 결정한 것이 어찌나 기쁘던지, 스틱을 탁탁 짚을 때마다 힘이 절로 솟았고 콧노래도 불렀다.

신발장에 고이 모셔둔 것들 중에 러닝화에는 그나마 손이 자주 닿았다. 그래도 안 신은 지 몇 달은 되었지만. 러닝화를 신고 달리기 트랙이 있는 동네의 운동장에 찾아갔다. 아침이든 밤이든 새벽이든 거기엔 꼭 달리는 사람이 있었다. 겨울에는 입김이, 여름에는 땀 냄새가 달리는 사람을 후광처럼 에워쌌다. 나도 발목을 풀고 스트레칭을 하고 달리기 시작했다. 누군가의 뒷모습을 보면서. 누군가에게 뒷모습을 보이면서. 달리고 있으면 늘 걷고 싶지만 걷다 보면 다시 달리고 싶어지진 않았다. 달려야 한다고 주먹을 꽉 쥐는 미세한 결심이 필요했다. 그래도 숨이 차고 다리가 후들거리고 방치된 땀들이 등줄기와 이마와 앞가슴에서 중력을 따라 아래로 아래로 흘러내릴 때의 귀갓길이 좋았다. 집에 돌아와 물을 마시고 삼십 분 정도의 다디단 낮잠을 자고 일어나면 다시 태어난 것처럼 새로운 신체의 주인이 되는 느낌이 들었다.

나는 그나마 다행이라고 생각한다. 빨래 건조대로 변신하곤 한다는 러닝머신 같은 것을 아직까지 소유하고 있지 않은 것이. 그렇게까지 부피가 있고 면적이 필요한 운동기구를 탐내지 않을 정도로는 스스로를 잘 알고 있다는 것이. 하지만 여전히 내가 운동에 습관을 들이지 못한 가장 기본적인 이유는 기초 근력이 없기 때문이고, 그 근력을 우선 키우려면 러닝머신이나 스쿼트머신 정도는 갖춰야 하는 건 아닐까. 이따금 흔들리는 마음이 내게 없는 것은 아니다. TV 리모컨에 홈쇼핑 채널은 과감히 삭제해둔 것이 과욕을 방지하는 데에 약간의 도움이 되는 중이다.

서로의 가지가 맞닿아 만드는
그늘 아래에 도착한 여름

집에서 해변까지

아프리카에서 태어난 최초의 인류는 동쪽으로 이동하는 경향이 있었습니다 좀 더 따뜻한 곳으로 해가 뜨는 그곳으로 가려고요

오늘은 그들이 동쪽으로 어느 만큼 갈 수 있었을지를 생각하는 날입니다 너무 멀리 동쪽으로 이동하다가 문득 다시 서쪽으로 가진 않았을까를 걱정하는 날입니다 무리 중 누군가 손을 번쩍 들어 아래쪽으로 내려가보자 제안했다고 생각하는 날입니다 그는 어떤 사람이었을까요

그 사람은 오랫동안 남십자성을 보아두었을 겁니다 하늘에도 정수리가 있다고 친구들에게 말했을 겁니다 나무들이 가지를 뻗는 방향을 오랫동안 보아두었을 겁니다 나뭇가지를 두고 새들은 의자라 부르고 길짐승들은 이정표라 부른다는 걸 알고서 혼자 빙그레 웃어두었을 겁니다

같이 갈까?
같이 가자!

같은 대화보다는

안녕!
잘 가!

같은 대화를 나누고
무리들과 헤어졌을 겁니다

그는 따뜻한 나라를 발견했고 과일을 배불리

먹었고 검게 그을린 피부로 키 큰 동물들과 뛰어 놀았을 겁니다 그를 오늘은 나의 친구라고 불러보는 날입니다

+

최초로 우산을 쓴 사람에 대해 오늘은 생각하는 날입니다 미친 사람 취급을 받았다 합니다 미쳤어! 미쳤어! 사람들의 혀 차는 소리가 비둘기 떼처럼 광장을 날아오르는 것에 대해, 젖지 않고 걷는 유일한 사람의 뒷모습에 대해 오늘은 생각하는 날입니다 어떤 미래를 펼쳐들었는지 스스로 전혀 알지 못하던 사람을 오늘은 생각하는 날입니다 우산을 들고 나가 우산 없이 번번이 돌아오던 날들을 생각하는 날입니다 잃어버리지 않기 위해 우산을 들고 나가지 않은 날들을 생각하는 날입니다 한 미친 사람이 한 미친 사람을 생각하는 날입니다

담배는 누구도 자신의 발명품이라 말하지 않

는다는 특징이 있다고 합니다 어제는 그래서 담배의 입장에 대해 생각했습니다 운명을 예견하고 스스로 독해졌을 담배의 성깔을 생각했습니다 안개가 되는 담배 연기와 구름이 되는 담배 연기 사이에서 비행기 조종사는 구름의 촉감을 안다고 말했습니다 안개의 촉감은 새벽에 귀가하는 사람들의 몫입니다 필요한 것도 불필요한 것도 아니지만 불가피하다고밖에는 말할 수 없는 어떤 운명에 대해 어제는 생각한 셈입니다

지구상에서 가장 오래 산다는 포고노포르에 대해 생각하며 해변을 거니는 것은 내일의 일정입니다 1년에 1mm씩 자라난다는, 저 먼 심해 속에서 분비물로 관을 만들어 그 속에서 살아갈 작정을 했다 합니다 그가 산다는 것에 대해 어떤 입장을 가졌을지를 생각합니다 포부가 커서인지 겁이 많아서인지, 그의 욕망에 대해서도 호기심에 대해서도 혹은 혜안에 대해서도 궁금한 것이 너무 많아서 내일의 일정은 모레까지 이어질 것으로 예상됩

니다 그의 삶은 삶이 곧 관인지, 평생 동안 자기 관을 만드는 숙명이 그의 삶인지, 조목조목 따져보는 건 글피의 일정이 될 듯합니다

+

해변에서 돌을 주웠지. 아주 작은 돌 하나를. 되는대로 줍지 않고 허리를 수그리거나 쪼그리고 앉아서 오래오래 이 돌 저 돌을 살펴보며 하나를 골랐지. 손바닥 위에 올려놓고 오래 돌을 보고 있으면, 무늬가 보이지. 그 무늬에는 이 마을의 지도가 새겨져 있지. 돌 속에 길도 보이고 집도 보이지. 갈림길도 보이지. 손에 꼭 쥐고 배낭 앞주머니에 넣어두고 나와 함께 그 돌은 집으로 돌아오게 되지. 내 방 창턱에는 그렇게 모아온 돌들이 가지런히 놓여 있지.

손바닥보다 더 큰, 둥글둥글하게 잘생긴 돌을 주워온 적이 있었어. 엄마는 그 돌을 깨끗이 씻

어 장독 속에 장아찌를 눌러놓는 용도로 사용했어. 납작한 달걀처럼 생긴 돌을 주워온 적이 있었어. 나는 그 돌을 책을 펼쳐놓고 종이를 눌러놓는 문진으로 사용했어. 구멍이 뚫린 돌은 가죽끈으로 매달아 목걸이를 만들었지. 움푹 파인 돌은 작은 수생식물을 담아두는 용도로 사용했지. 돌 하나를 이렇게 사용하다 또 저렇게 이용해보았지.

용도가 없으므로 이모저모로 용도를 궁리하게 만드는 돌. 어떻게 사용할지는 오직 나에게 달렸지.

+

우리의 언어는 온갖 사물을 통해서 다른 사물로 이동하고, 다른 사물을 경유해서 이 세계를 날렵하게 한 바퀴 돌아서, 부메랑처럼 우리에게 되돌아온다. 이 한 바퀴의 동선을 커다랗고 시원한 포물선을 그린다. 이 포물선을 마음으로 좇으며 이 세상을 한 바퀴 돌다 제자리로 돌아왔을 때, 그 자리는 실은 제자리가 아니다. 같은 자리이지만 다른 세계가 된다. 같은 자리에 앉아서 다른 세계로 도착하는 일. 언어가 발 없이 행하는 모험은 이런 일을 겪는 경험이다. 쓸모가 없어서 아름다운 것이 아니라, 쓸모가 너무 많아서 아름답다. 쓸모가 있으려고, 아름다우려고, 애를 쓰지 않아서 더 아름답다.

뮌헨

캐리어를 꺼내어 짐을 쌌다. 6월의 뮌헨은 일교차가 크다고 했다. 여름옷부터 가을옷까지. 그리고 숙소 주변을 구글 지도의 위성사진으로 살펴보았다. 내가 묵게 될 동네에는 걸어서 모든 것을 해결할 수 있을 만큼 가게들이 골고루 포진해 있었고, 무엇보다 숙소 맞은편에 뮌헨에서 가장 오래된 묘지공원이 있었다. 작년 베를린에 갔을 때 비 오는 묘지공원을 우연히 들른 적이 있었는데, 비를 맞은 채로 달리기를 하며 묘지의 모퉁이들을 돌고 있는 사람들을 보았다. 그 모습이 인상적이었으므로 운동복도 챙겨 캐리어에 넣었다. 숙소를 미리 점검해준 뮌헨의 주최 측에서는 "모든 것이 다 준비돼 있다"라고 전해주었다. 나는 그 말이 궁금했다. 설마 모든 것일 리는 없다는 추측도 있었지만, 인간이 생활할 수 있는 조건으로서의 '모든 것'의 범주는 각자 다르니까, 전해준 이의 기준이 어떤 것일까가 조금 더 궁금했던 것이다.

작년 11월, 베를린의 '시인의 집Haus für Poesie'에서 열린 행사에 참여한 적이 있었다. 나선 에이전시가 시범적으로 개최한 '번역대회'라는 이름의 행사였다. 한국문학을 독일어로 번역하는 공모전을 거친 후, 시상식과 낭독회와 좌담회를 겸하는 행사였다. 오은, 유희경 시인과 함께 참여했다. 우리는 남는 시간들을 슈프레 강을 따라 산책하거나 미술관을 둘러보는 데에 썼다. 나선 에이전시의 김현우 대표는 우리의 행사가 또 다른 도전으로 이어지기 위해서 거의 모든 궁리를 다 해보는 사람이었다. 나는 꿈이 많은 사람이 들려주는 이야기에 언제나 내 귀를 헌납하고 싶다는 마음이 있었고, 김현우 대표는 자신이 꾸는 꿈을 들어주고 또 동행해줄 더 많은 사람이 필요해보였다. 그런 반짝임을 산책길에서 얻고 즐거워하는 내 마음을 알아차렸는지, 그는 내게 다음번엔 뮌헨에 가보지 않겠냐고 제안했다. 뮌헨에서 활동 중인 번역가 박술 교수가 주선하는 레지던시 프로그램을 소개해주고 싶어 했다. 나는 기꺼이 응했다. 몇 달이 흐른 후 나는 뮌헨 공항에 마중 나온 박술 교수의 안내를 받으며, 아인슈타인스트라세에 있는 나의 숙소에 도착했다.

나는 낯선 방에 앉아 책상 위에 노트북을 놓고, 의자에 가디건을 걸쳐두었다. 챙겨간 책 몇 권을 한 켠에 쌓아두었다. 누군가 나를 위해 준비해둔 것들을 살펴보았다. 갖은 필기구가 꽂힌 연필통. 그 옆의 노트 한 권과 포스트잇. 실내화. 좋은 냄새를 품은 채 차곡차곡 쌓여 있는 수건들. 칫솔과 치약. 갖은 양념과 소스들. 원두와 티백들. 높이와 경도가 각각 다른 베개 두 개. 누군가가 나를 위해 준비해둔 것들에서 섬세한 손길이 느껴지자, 이 방에 더 큰 애착이 갔다. 그리고 여기에서 더 열심히 잘 지내보자고, 느슨했던 마음을 조금 조율하게 되었다. 밤 9시에 해가 지고, 새벽 3시부터 밝아지기 시작하는 밤에, 낯선 방의 낯선 침대에 누워 잠이 들었다. 다음 날, 내가 가장 먼저 한 일은 빈 에코백을 챙겨들고 마트에 가서 식재료들 몇 가지를 사 오는 것이었는데, 가는 길을 일부러 에둘러서 동네 구경을 해보았다. 가장 먼저 찾아간 곳은 묘지공원. 이곳에 오기도 전에 나는 이곳에 대한 시를 썼다. 경주 봉황대 건너편에서 살던 어린시절의 이야기와 구글 지도에서 보았던 이 공원에 대해서. 봉황대는 나의 어린시절에 동네 아이들의 미끄럼대가 되어주었다. 겨울철 꽁꽁 얼어붙었던 안압지가 스케이트장으로 변신하던 시절이었다.

나는 그 묘지공원을 가장 자주 찾아갔고, 그곳 벤치에 앉아 눈을 감고 새소리를 들었다. 잘 알던 새소리와 처음 들어본 새소리가 차례차례 지나갈 때 눈앞에 놓인 묘비들을 살펴보았다. 토요일에는 사람들이 찾아와 물뿌리개에 물을 채워 묘비를 둘러싼 식물들에게 물을 주고 화병에 꽃을 꽂고 기도를 하곤 했다. 지그재그로 한 바퀴를 돌며 달리기를 하다가 커피를 마시러 카페 쪽을 향해 간 적도 있고, 세탁물을 가득 담은 배낭을 메고 자전거를 타고서 이곳을 지나쳐 코인세탁소를 찾아간 적도 있고, 노트북을 들고 찾아가 원고를 쓴 적도 있고, 잠이 유독 오지 않는 한밤중에 찾아가서 나뭇잎이 바람에 서걱대는 소리를 들으며 노래를 불러본 적도 있고, 시 낭독을 연습하기 위해 찾아가서 시를 되풀이하며 읽어본 적도 있다.

막스 베버 플라츠를 지나서 이자르강 쪽으로 접어들면 아주아주 드넓은 영국정원Englischer Garten이 펼쳐졌다. 잔디밭 그늘에서 피크닉을 하는 사람, 이어폰을 쓰고 달리기를 하는 사람, 호수에서 물놀이를 하는 사람, 급류가 흐르는 서핑포인트에서 서핑을 하는 사람, 서핑하는 사람을 구경하는 사람……. 우람하고 오래된 키 큰 나무들이 서로의 가지가 맞닿아 만드는 그늘 아래에 도착한 초여름속을 자전거를 타고 자주 지나갔다. 어떤 날은 소낙비가 퍼부어서 비를 다 맞으며 지나갔다. 옷자락 끝에서 물이 뚝뚝 떨어진 채로 집에 돌아와 수건으로 물기를 닦아내며 오래토록 잊고 있던 종류의 미소를 혼자 지었다.

뮌헨에서 나는 두 가지 작업을 했다. 첫 작업은 뮤지션 아르디Ardhi Engl와의 협업이었다. 장소는 '래빗 홀Rabbit Hole'이라는 제목으로 사라Sarah Neumann와 한나Hannah Mitterwallner의 작업들이 전시 중인 갤러리 더타이거룸이었다. 미니어처 같은 검은 나무들이 주된 모티브로 한 작품들이었는데, 기괴함과 동화적인 느낌을 자아내는 작품들의 사이를 공간으로 활용해서 퍼포먼스를 하기로 했다. 아르디의 공연을 본 적 있는 사람들에게 그의 음악이 어땠는지를 물었을 때 탄식 섞인 감탄만을 전해줄 뿐, 상상이 가능할 언급은 그 누구도 해주지 않았다. 어떤 이는 자신이 공연을 보다가 찍은 동영상이 있다고 보여주려다가 멈칫하더니, 직접 들어보는 게 낫겠다며 그에 대해 조금의 정보를 갖고 싶어하는 나의 호기심을 채워주기보다 그를 베일 속에 두는 예의를 선택했다. 그는 폐파이프와 폐스프링 등의 버려진 것들을 조합하여 직접 제작한 자신만의 현악기와 타악기로 연주에 임했다. 별다른 리허설을 거치지 않아도, 그의 음악 사이사이에 내 시가 스며들거나 겹쳐들다가 물러서거나 나서는 순간들을 충분히 갖출 수 있었는데, 그의 악기에 깃든 그의 정신에 내가 대번에 반해버렸기 때문이었다. 나는 나무 이미지가 들어가 있거나 과거와 미래를 겹쳐놓고 썼던 시들로 낭독을 했다. 아르디의 제안으로 시는 한국어로만 전달하기로 했다. 음악처럼 들릴 수 있을 것이라는 그의 의견을 받아들인 것도 있지만, 시는 누군가가 의미를 이해한다고 할지라도 저마다의 이해이자 창작자의 의도와는 또 다른 층위에서 발생되는 이해이기 때문에 목소리만으로도 무언가를 전달할 수 있는지를 실험해볼 만하다고 여겼다. 낭독이 끝났을 때 박수 소리를 들으며 사람들의 표정을 둘러보았다. 이해되었다는 것을 단박에 느낄 수 있는 표정들이었다.

두 번째 작업은 재독 아티스트 이민재와의 협업이었다. 이민재 작가와는 뮌헨에 오기 이전부터 협업에 대한 소통을 하며 그의 작업 세계에 내 작업을 포개는 일을 조심스레 한 걸음 한 걸음씩 준비해나갔다. 그가 전시 준비를 하는 과정을 자주 갤러리에 찾아가 구경했고, 그는 이 작업이 탄생하게 된 경위를 꼼꼼하게 들려주었다. 이민재 작가의 작품에는 아주 조용한 외침이 존재했다. 그는 자신의 숨결과 입김 같은 것이 외침이 되는 그 순간에 영혼을 등장시켜 관람자의 영혼을 포섭하고야 마는 능력이 있었다. 내가 함께한 작업은 아파트 데이 쿤스트Apartment Der Kunst에서 진행 중인 "Unmöbeliert(가구가 없는)"라는 제목의 퍼포먼스였다. 그는 갤러리 바닥에 19cm의 공간을 띄워서 마룻바닥을 제작했다. 미리 관처럼 짜놓은 자그마한 공간에 들어가 누워 발끝만을 바깥에 내놓았다. 갤러리에는 그의 발끝 외에는 아무것도 없었다. 청진기와 증폭기를 사용하여 그의 심장소리만이 텅 빈 공간을 채웠다. 관람객은 대부분 벽에 기대어

마룻바닥에 앉아 그의 심장소리를 들으며 그의 발끝을 바라보다가 갔다. 나는 박술 교수와 한-독 교차낭독으로 마룻바닥을 걸어 다니며 퍼포먼스를 진행했다. 드럼이 리드하는 음악처럼 심장소리가 우리 둘의 낭독에 리듬을 부여해주었다. 낭독 공연이 끝나고 아티스트 토크를 할 때 그는 자신의 작업과 나의 작업의 연결고리에 대해 언급했다. 바로 "두려움 없는 두려움"이라는 문장이었다.

만약 ~~다행하게도~~ 내가 시인이 아니라면
~~증명할 수 없는 진실에 대하여~~ 괴로워하다
시를 써야겠다
마음먹게 될 것이다.

~~진실의 부재를 발견하기 위하여. 부재를 부재로 내버려두기 위해서가 아니라 허구의 손쉬움을 거부하기 위하여. 오직 두려움을 위하여. 두려움이 없는 두려움을 두려워하며.~~

내 시에서 "두려움이 없는 두려움을 두려워하며"라는 문장을 발견한 그는 자신의 지난 작업의 제목이 "Angst ohne Angst(두려움 없는 두려움)"이었다는 사실을 알려주며, '두려움'에 대한 자신의 의견을 덧붙였다. 그는 이 말을 끝없이 되풀이하여 나열하면, '두려움'의 서술어가 '없는'이 될 수도 있고, '두려움'의 수식어가 '없는'이 될 수도 있는 모순적이고도 이중적인 말의 묘미가 곧 '두려움'의 속성 같다고 설명을 덧붙였다. 그리고 그가 작품으로 만든 티셔츠를 나에게 선물로 건넸다. 특정 빛에서만 반응해서 나타나는 "Angst ohne Angst"라는 문장이 반복되는 작품이었다.

베를린을 기반으로 활동 중인 하미나 작가와 한국화 번역가와의 협업으로 베를린에서 시 모임을 가졌고, 박소진 시인이 거주하고 있는 프랑크푸르트에서는 교포신문의 주선으로 낭독회를 가졌다. 시를 향유해오던 사람들이 모여서 시를 둘러싸는 이 경험들 속에서, 나는 매번 내가 쓴 시의 안팎으로 나의 언어가 포용되는 장면 속에 있었다. 한

번도 만난 적 없으면서도 이름이 적혀 있고 생몰 연도가 적혀 있는 묘비 앞에서 한 사람의 생애를 막연하게 그려보듯, 나의 시도 그런 모양으로 누군가의 앞에 묘비처럼 낯설고도 낯익게, 늠름한 모습으로 서 있었던 듯싶다.

캐리어 속에 가득 담아온 온갖 선물들과 편지들을 하나하나 꺼내어 자리를 찾아 두었다. 텅 빈 캐리어를 다시 창고에 넣었다. 인천의 7월은 무더위가 시작되고 있었다. 건조했던 날씨 속에서 건너와 습하디 습한 날씨 속에서 나는 동네를 산책했다. 뮌헨에서 만난 사람들과 간간이 문자 메세지를 주고 받으며 소식을 전했다. 내가 자주 갔던 묘지공원에 들렀다는 친구, 베를린에서 열린 포에지 페스티벌에 찾아갔다는 친구, 내가 소개해준 친구와 다시 만나서 즐거운 시간을 보냈다는 친구, 곧 한국에 온다는 친구……. 그중에서 세 사람은 9월에 한국에 온다고 한다. 나는 "모든 것이 다 준비돼 있다"라는 섬세하고도 자신만만한 환대의 말은 차마 할 능력이 안 되지만, 그들이 이곳에 오면 뮌헨에서의 나에게 그들이 해준 것처럼, 그들을 데려갈 만한 곳들을 하나하나 챙겨두는 중이다.

공원들

플리마켓에 가면 물건을 구경하는 게 아니라 그 사람의 세월을 구경하게 된다. 그 사람의 오래된 은수저, 그 사람의 오래된 자켓, 그 사람의 오래된 LP, 그 사람의 오래된 책을 만지작거리게 된다. 그 사람은 물건을 파는 사람이라기보다는 자신의 시간들을 전시하는 중이라서, 누군가 만지작거리며 물건의 가격을 물을 때 물건에 깃든 이야기를 덤으로 얹어준다. 나는 한 여자의 가게에서 오래 머물다 모리스 샌닥의 『괴물들이 사는 나라』에 나오는 괴물 인형 하나를 집어들었다. 그 여자는 우리 딸이 어릴 적에 아끼던 인형이어서 검은 꼬리 털 부분이 손상되었다며 양해를 구한다. 2유로라고 말했지만, 플리마켓에서는 흥정을 꼭 거치라는 여러 사람의 조언에 따라 깎아달라고 말을 꺼내어 본다. 그 여자는 웃으며 고개를 젓는다. 나는 농담이라고 말한다. 2유로에서 깎아주려면 선택지는 1유로밖에 남지 않는다는 건데, 그런 건 흥정이 아니기 때문이다. 선택지가 최소한 세 가지는 있고, 사는 사람이 가장 낮은 선에서 제안하고 파는 사람이 높은 선에서 제안한 후에 그 중간지점에서 서로 타협하는 것이 흥정이기 때문이다. 나는 독일 아이가 어릴 때 소중히 여기며 갖고 놀던 미국 출신 작가의 괴물 캐릭터 인형을 손에 들고 다음 가게로 기웃거리러 간다. 오후 세 시의 햇살을 받고 유난스런 빛을 발하는 유리그릇들을 지나 음반과 턴테이블과 낡은 스탠드 같은 것을 파는 가게 앞에 멈춰 선다. 터무니없는 헐값의 음반들을 하나하나 구경한다. 마이클 잭슨과 롤링 스톤즈와 비틀즈와 베티나 베그너의 LP를 산다. 물건을 파는 할아

버지는 베티나 베그너의 앨범에 대해서 특히 애정을 비추며 검지를 들어 나에게 설명해주었다. 이 세상의 그 누구도 그녀보다 훌륭할 수는 없을 것이라고. 노랫말에 꼭 집중해서 들으라고. 시보다 우월하다고.

저녁을 먹기로 한 장소를 향해 걷다가 묘지 공원의 출입구가 있길래 그곳으로 걸어 들어간다. 눈에 잘 띄는 성대한 묘비들 사이사이에 전혀 눈에 띄지 않는 다소곳한 묘비들이 섞여 있다. 구글 지도로 현재 위치를 클릭하니, 이 공원에서 매일매일 조깅을 했다는 한국 유학생의 후기가 적혀 있었다. 특히, 비가 올 때 이곳에서는 특유한 냄새가 난다고. 그 냄새를 맡기 위해 비 오는 날이면 일부러 이곳에 와서 우산을 들고 우두커니 서 있기도 한다고. 나는 주변을 둘러본다. 비가 오는 날이었기 때문에 우산을 들고 우두커니 서 있는 사람이 있을까 싶어서. 그런데 비가 오는데, 비를 맞으며 조깅을 하는 사람 몇이 눈에 보인다. 저 사람들 중

누구일 수도 있겠다고 무작정 짐작해보는 순간, 이 장소가 불현듯 희미한 약속에 의해서 되살아나는 장소로 느껴진다. 목적지가 아닌데 목적지가 되어간다. 나는 나의 목적지에서 매일매일 달리기를 했을 사람을 찾는 중이다. 누군가 순식간에 내 곁을 스치며 달린다. 금세 저만치 멀어진다. 그 사람일까. 그 사람이 아니어도 이미 그 사람인 것과 마찬가지가 된다. 그가 공원을 한 바퀴, 두 바퀴, 세 바퀴 도는 것을 나는 흘깃흘깃 바라본다. 더 이상 내 쪽으로는 오지 않지만 나는 그의 땀 냄새를 맡는다. 비 냄새와 땀 냄새가 섞여서 숲의 냄새를 보탠다. 그가 출입구 쪽으로 사라지자 나는 내 발 앞에 찍혀 있는 그의 운동화 자국을 내려다본다. 내 신발을 자국에다 포개어본다. 내 발이 훨씬 작다. 그 장면을 카메라에 담아본다. 아주 나중에, 이 발자국 사진이 어떤 순간을 담았는지 까맣게 잊게 될 때가 올 것이고 그때쯤에는 나도 나의 동네 공원에서 달리기를 하며 한 바퀴 두 바퀴 도는 일을 매일매일 하게 되었으면 좋겠다고 생각한다.

- 이 묘비는 엄청나게 거대하고 화려하네요.

- 그러게요. 위대한 사람이었으려나요.

- 통 모르는 사람들이네요.

- 여긴 유명 정치인들을 모셔둔 공원이라고 들었어요.

- 이 자그마한 묘비의 주인은 어떤 사람이었을까요.

- 커다란 묘비를 가진 사람도 우리가 모르는데 이 작은 것을 어떻게 알겠어요.

- 그러네요.

묘지가 이렇게 동네에 어우러져 있는 것이 참 좋아보인다는 말을 마지막으로 나누고 일행과 헤어져 나는 저녁 식사를 하기로 한 장소로 찾아간다. 한 블럭이 지나서 또 공원이다. 공원에는 텐트를 치고 사는 노숙인들이 추위를 녹이려고 모닥불을 켜고 손을 쬐고 있다. 도서관의 커다란 창으로 아무도 없는 내부가 훤히 들여다 보인다. 온 동네의 개들이 모두 바깥으로 나온 것 같은 풍경이다. 리드줄 없이 자유롭게 뛰어다니다 서로 컹컹

짖다 서로 앞발을 들어 장난을 친다. 어디선가 주인이 이름을 부르면 겅중겅중 그쪽으로 달려간다. 저 개의 이름은 레오구나. 저 천방지축 개구쟁이는 벨라구나. 저 자그마한 솜뭉치 같은 녀석은 몰리구나. 나는 처음 만나는 강아지의 이름을 공원 한가운데에 우두커니 서서 괜스레 되뇐다. 아기자기한 등불을 손에 든 가족들의 행렬이 이어진다. 아이를 목마에 태운 아버지와 유모차를 끄는 엄마와 부모에게 무언가를 연신 요구하는 아이들의 목소리가 왁자지껄해진다. 긴 행렬이 교회의 출입구 속으로 차곡차곡 들어가는 모습을 길 건너에서 오래 지켜보고 나니 완전히 해가 졌다.

다음 날 아침 숙소에서 일어나 캐리어를 끌고 중앙역으로 향할 때였다. 마라톤 대회가 개최되는 날이었고 이 한겨울에 숏팬츠를 입은 사람들이 9번 출구 쪽으로 하나둘 빠져나가고 있었다. 중앙역 광장 한가운데에 모여서 요란스럽게 기념사진을 찍는 상기된 얼굴들도 보였다. 그들이 출발선에

서서 두 주먹을 쥐고서 신호총 소리에 귀를 기울일 때 나는 이 도시를 떠나는 기차에 오를 것이다. 마라톤 대회에서는 누군가가 자신을 제치고 지나가도 응원을 보낸다는데 누군가는 응원을 보내고 또 응원을 보내고 수차례 응원을 보내기만 하기도 할 것이다. 다음번에 잘하면 된다는 친구와 함께 땀에 젖은 이마를 타올로 닦아내며 낙오되는 누군가를 떠올려본다. 나는 앉은 좌석을 조금 더 느슨하게 기울이며 도착할 때까지의 남은 시간을 세어본다. 묘지공원을 매일매일 달린다는 사람도 달리기를 하려고 텀블러에 물을 담아 현관문을 열고 집 밖을 나설 것이다. 그들의 심장 소리가 들린다. 새빨갛고 포동포동한 심장이 피를 밀어내는 소리가 들린다.

자전거를 타고 흙길을 달린다

자전거를 타고 흙길을 달린다.

민박집 다음에 민박집 다음에 민박집,

식당 다음에 식당 다음에 식당,

그리고 벌판.

강아지 한 마리가 내 뒤를 쫓아 뛰어온다.

맞은편에서는 한 가족이 나눠 탄 여러 대의 자전거가 다가온다.

나는 잠시 멈추어 길을 비킨다.

그리고 지평선. 그리고 수평선.

수평선에는 구름이 있고
벌판에는 사람들이 있다.
그 사이를 땡볕이 채우고 있다.

아무것도 없는 바다.
아무것도 없어서 좋은 바다.

사람이 없는 바다.
사람이 아주 없는 것은 아닌 바다.

그리고 낮잠.

자전거를 타고 흙길을 달린다.
식당 다음에 식당 다음에 식당,
민박집 다음에 민박집 다음에 민박집,

그리고 집.

다시 오게 될 것 같은 바다를 만나게 된 여름이었다. 모든 것이 불편했지만, 바다가 평온했으니 모든 것이 좋던 여름이었다. 단순하기 짝이 없는 동선과 단순하기 짝이 없는 일과를 반복하였지만 지루하지 않았다. 나날이 장 보는 솜씨가 늘어갔고, 나날이 단골집이 생겼고, 나날이 인사하며 지나치는 사람들이 생겼고, 나는 나날이 새까매졌다. 잘 먹지는 못하였으나 나는 충분히 배불렀다. 낡은 운동화와 낡은 수영복과 거의 다 써버린 선크림을 한편에 남겨두고 내가 살던 방을 떠났다. 집으로 돌아가요, 하고 집주인에게 말했으나 또 다른 여행지로 떠나는 사람의 마음과 더 닮아 있었다. 돌아와 나는 지금 궁금해하는 중이다. 내가 어떤 일과를 반복하고 싶은지. 누구와 인사하며 지내고 싶은지. 어떤 것들로 내가 포만감을 느낄지. 그리고 다음번엔 어디로 떠날지.

후기

죽은 줄 알았던 글들을 되살려서 책으로 묶는다. 오래된 파편들에게 지금의 나와 걸맞은 이정표 역할을 부여해본다.

일상시화 시리즈의 키워드로 내가 '생활체육'을 골랐을 때의 감각도 그러했다. 난파된 듯한 일상을 어떻게든 살려내야겠다 다짐했던 순간이 있었고, 그때 나는 지독하게 혼자였다. 운동을 다시 좋아해보기로 했다. 운동은 나의 쓰러져 있던 궁리를 일으켜 세우고 나를 바깥에 데리고 나가준 유일함이었다.

시를 쓸 때 움직임과 운동성을 열렬히 사랑하고 옹호하면서도, 나는 내 몸을 사랑하지 않았기 때문에 내가 직접 몸을 움직여 무언가를 해보는 노력을 까맣게 잊고 살아왔었다. 생활체육이란, 운동성을 사랑하는 것은 물론이고, 자기 몸에 애착이 깊어야만 가능해지는 세계였다.

친구들에게 늘 말한다.

좀 움직여볼까. 더 걸을까. 더 멀리 가볼까.

카페나 식당 같은 데 말고, 공원이나 산책로가

있는 천변 같은 곳에서 만나자고 늘 말한다. 운동장에서 보자고도 한다. 가끔은 쓸데없이 승부욕으로 공놀이를 하자며, 공을 챙겨 친구를 만나러 간다.

탁구공, 야구공, 셔틀콕. 테니스공, 럭비공, 배구공, 비치볼, 농구공, 그리고 농구공 따위와 비교될 수 없을 만치의 무지막지 무겁고 더럽게 커다란 공…….

2024년 11월

김소연

일상시화

생활체육과 시

1판 1쇄 펴냄 2024년 11월 11일

지은이 김소연
편집 서윤후, 정채영, 이기리
디자인 한유미, 정유경

펴낸이 손문경
펴낸곳 아침달

출판등록 제2013-000289호
주소 04029 서울시 마포구 양화로7길 83(서교동 480-26) 5층
전화 02-3446-5238
팩스 02-3446-5208
전자우편 achimdalbooks@gmail.com

ISBN 979-11-94324-11-9 03810